KB069275

나를 위로해 주는 것들

나를
위로해 주는

것들

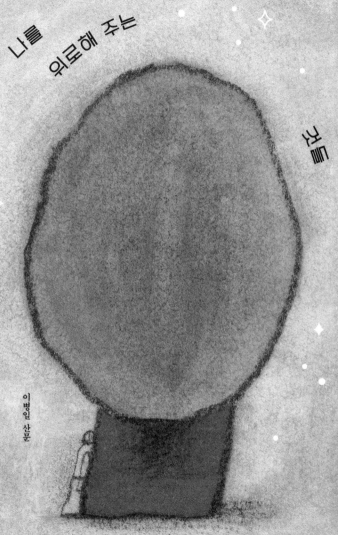

이
병
일
산
문

문학수첩

② 내가 사랑하는 것들

3 오래 달라붙어 있어도 좋을 감촉

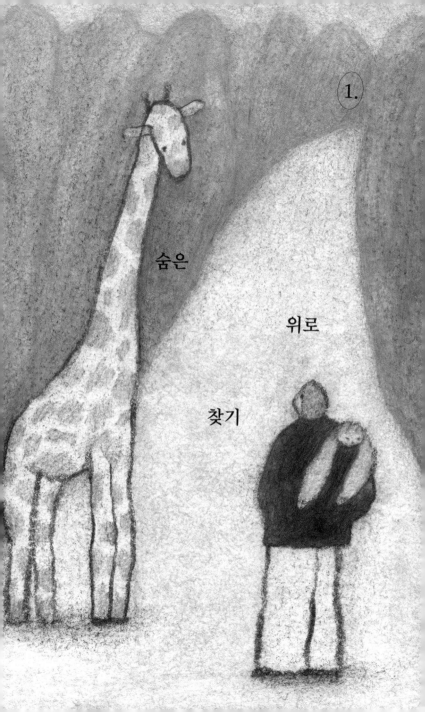

봄산

봄산, 어느 순간 가장 밝아지는지 알 수 없지만, 검은빛과 붉은 빛이 마음껏 노니는 시간은 알고 있다. 봄산엔 여러 층위를 가진 빛이 있고 색이 있다. 수수만년 동안 오는 새봄은 반복되는 것처럼 보이지만 죽은 것이 더 많아 미묘하고, 풀과 나무와 벌레가 초록으로 거듭 태어나니까 봄 한철만 먹을 수 있는 것이 생각났다.

내 몸엔 초식의 피가 흐르는 걸까, 나는 두릅나무순과 엄개나무순, 옻나무순과 다래나무순을 찾아 나섰다. 발굽 달린 짐승이 다니는 길을 헤쳐가면서 오래 묵어 아무도 찾지 않는 세계로 가보는 것이다.

나를 위로해 주는 것들

저 다래나무는 휘어지고 다시 곧고 휘어져 왜 넝쿨이 되었을까? 저 엄개나무와 두릅나무는 툭툭 가시를 뱉어놓고 왜 초록빛을 끌어모을까? 옻나무는 아직 옻이 없어 햇볕을 모으는 걸까?

바람이 한층 더 두꺼워지니까 이상하게도 더 멀리 더 깊이 봄산 속으로 들어가고 싶은 생각이 든다. 그러나 들숨이 나를 야금야금 피로하게 한다. 산이 높아지니까 발걸음보다 심장이 고단한 것이다. 산앵도나무 꽃망울이 옅어지고 밝아지고 짙어졌다. 그 와중에 서늘하면서 따스하고 차가우면서 고독한 두릅순을 따서 씹어 먹었다. 쌉쓰름하면서 달고 떫으면서 시원했다. 혀에 달라붙은 목마름이 약간 줄어들었다.

봄산은 나에게 요구하는 것이 없어서 좋고 내가 원하는 것을 자꾸만 내어준다. 복잡하고 비루한 것과 참담한 사건과 허한 소음에서 멀리 떨어져 나오니까 내 몸과 영혼이 맑아진 것 같았다. 어느 시인은 마흔다섯 살에 마주한 사람의 어깨에 귀신이 보인다고 말했는데, 나는 아직 삶의 맹목성도 버리지 못했고 아름다움에 대한 양가감정만 출렁거리고 있으니, 내가 나를 알 수 없게 만드는 나이가 마흔이라는 생각이 들었다.

그런 마흔을 지나 두 해 동안 정신 차리고 보니, 불현듯 맞닥뜨린 것이 나태함이었다. 그 지루한 삶이 계속된다고 믿을 때마다, 나는 봄산을 필사적으로 올랐다. 거기, 먹으면 기운 나게 하는 완전한 약나무가 있다. 아, 내가 저 약나무를 찾아온 것은 아니지만, 산도 나도 봄기운을 뒤집어쓰고 있을 때, 새순은 팔 뻗으면 닿을 높이를 가지고 있었다.

*

봄산

온갖 것들이 기어나온다 기어오른다

무심코 물이 샌 것과 물이 마른 것이 있다 흰 것과 붉어진 것과 검은 것이 있다 온갖 것들은 바깥으로 나오는 것도 있지만 안쪽으로 파고드는 것도 있다 묽은 것도 있고 맑은 것도 있다 침이 목구멍을 타듯 숨이 달라붙었다가 떨어져 나간다

산모롱이 숨과 산모퉁이 숨 사이
봄이 있고 산이 섰다 날파리 떼 흩어질 줄 모른다
눈코입이 붙어있다 숨이 온지 어떻게 알고 몸을 갖춘

나를 위로해 주는 것들

걸까

　조용히 흐르는 구멍이 없는데 나무는 구멍구멍 숨을
내뱉고 있다

　발밑으로 꺼지는 흙도 새것이다 무기력도 새것이다

　온갖 것들은 눈속임이 없다 그저 보기 싫은 것도 바라
보라고

　한사코 빛을 낸다 그다음의 일은 쐐기와 꽃뱀

　생각지도 못한 고슴도치

　그 털같이 딱딱한 엄개나무가시도 잊을 수 없다

　내가 몰랐던 것

　내가 몰라서 못 봤던 것

　멈췄다 싶으면 다시 나는 새소리

　으스스하게 좋았다 이상할 게 없었다

　완연함도 없지만 더 완고한 것도 없었다

　초록보다 더 높지만 저 흉한 나무구멍,

　부엉이의 노래를 가지고 왔다

　항문에 울고 싶은 힘이 들어가 있는지

　저 노래, 날개를 뒤집어쓸 때까지 보인다

　욕되 보이는 것도 간간이 죽은 것도 이쁘다

　차고 더운 것에 오므라지는 것도 있고 오그라지는 것

도 있다

　　입술 없는 벌레들, 추하지 않다

　　번성하는 것은 봄일까 산일까

　　걷지 않았다면 몰랐을 저 온갖 것들의 별세계

　　나는 들어서는 안 될 외마디 비명과 절벽과 엇갈렸다

　　잘 봐라, 여기가 살아서는 돌아가지 못하는 그 봄산이다

　　　　　　나를 위로해 주는 것들

봄

마을회관 뒤쪽, 햇볕이 따스하다. 고양이를 세어보니 아홉 마리다. 고양이의 칭얼거림을 달래주는 것은 하나둘 꽃망울 돋기 시작한 매화나무 그늘밖에 없다. 삼겹살을 굽는 오후, 비계 달라붙은 것과 육포를 가지고 와서 고양이에게 던져준다. 잔뼈 굵어진 고양이의 얼굴을 조용히 바라봤다. 눈동자 샛노란 고양이와 매화나무가 무릎을 곧게 펴고 일어나는데 그림자는 아직도 땅을 젖게 한다. 척추, 확! 펴지는 순간이야말로 봄이다. 논에 갇힌 물의 주름이 편편하게 물결 져야 봄이다. 내팽개쳐져 있는 물웅덩이, 하늘 속으로 개구리울음이 높고 들어가야 봄이다. 북쪽 웃풍이 세서 북두칠성도 남쪽으로 머리 두고

자는 밤, 복사뼈와 뒤꿈치 섭섭하지 않게끔 사포로 슥슥 밀어
줘야겠다.

나를 위로해 주는 것들

밤나무와 달항아리

밤나무숲에서 가장 늙은 나무. 꽃을 피우는데, 밤송이 하나 맺지 않는 나무. 세 개의 무덤과 도라지밭을 내려다보는 나무. 열아홉에 시집와서 그 밤나무를 보았지만 단 한 번도 밤이 열리지 않았다고 했다. 두 해를 거르고 설 쇠러 고향집에 내려왔는데, 어머니는 밤을 꺼내 오면서 밤을 구워 먹자고 하신다. 여든넷인 어머니가 그 밤나무 그늘에서 밤을 줍는 것은 처음이라고 했다. 밤나무 몸통에 꿀벌집이 하나 들어왔다고 이야길 해주신다. 밤나무는 곁이 아닌 속을 내어준 것이다. 속이 비었다는 것은 죽음에 가까워진다는 뜻이다. 곧 고목이 된다는 것인데, 밤나무는 비바람과 천둥, 폭설과 추위에 얼어 죽지 않고 여태까지 쓰러지지 않고 저 벌 떼를 기다렸는지도 모른다.

벌 떼가 밤나무의 심장이고 밤나무의 목소리이고 밤나무의 그림자다. 나는 목청을 따러 밤나무 숲으로 갔다. 사다리를 타고 밤나무에 올라서 벌집 구멍을 찾았다. 꺾인 나뭇가지가 주먹만 한 구멍을 아귀가 꽉 맞듯 가리고 있었다. 눈발도 출입문을 두드리다 되돌아갈 수밖에 없는 벌집이다. 나는 곤하게 겨울잠에 들었을 꿀벌을 깨우는 대신, 큰 눈 오면 가지가 찢어질 것 같아 벌집 입구만 남겨놓고 썩은 나뭇가지를 잘라주고 사다리와 함께 집으로 돌아왔다.

밤나무는 저 꿀벌들이 잠시 머물다 가는 인생이 아닌, 죽음을 바라보는 삶의 눈동자라고 여겼을지도 모른다. 밤나무는 밤송이를 매달면서, 비바람에 흔들리면서, 해와 달을 탐하면서 의지할 데라곤 아무것도 없었다. 꿀벌이 날아와도 붙잡을 처지가 아니었던 것이다. 그런데 어찌해 볼 도리도 없이 밤나무는 속이 비어가는 어떤 병을 앓았다. 그 병은 살아갈 용기를 조금씩 지워내고 있었지만, 밤나무는 눈여겨봐 주지 않던 육십 년의 세월 동안 밤꽃을 피웠다. 여왕벌이 제 심장에 집을 들이고 알을 낳고 일벌을 키워내는 동안 밤나무는 작년보다 큰 꽃을 많이 피워냈다. 그로 인해 심장에도 새 피가 돌았고, 아픔도 잊었고, 환함도 잊게 되었으며, 밤송이 벌어 통째로 떨어지는 소리를 눈여겨보았으리라. 그러나 지금은 호젓한 밤나무. 벌 떼가 얼어 죽지 말라고 나무껍질 같은 고독을 껴입고 있는 지도 모른다.

사실 나는 저 백 년 가까이 된 밤나무를, 목청 하나 때문에 죽일 수 없다고 생각했다. 또한 밤나무를 톱으로 베어 죽이면 그 一家의 사람이 죽어나간다고 하기에, 그 관례가 무서웠다. 밤나무에 귀를 대면 아주 작은 숨 혹은 자글자글 꿀 녹는 소리가 들려왔다. 밤나무는 달항아리 하나 들여놓기 위해 백 년이 걸린 셈이다. 제 영혼을 벌 떼의 날갯짓 속에 송두리째 담아내기 위해 검은빛 거울 속으로 빠져들고 있을지도 모른다.

담장

돌로만 쌓아둔 담장은 해빙기에 무너지지 않는다. 돌과 돌이
맞물린 자리가 숭숭하다. 저 숭숭함이야말로 돌담 그늘이 소
곳하게 서는 힘이겠다. 실없는 짓이라고 생각하면서 돌로 담
을 쌓아 올렸다. 꽃샘추위가 몰려갈 즈음 다래나무와 으름덩
굴을 심었다. 삼 년이 지나가자 자꾸 눈이 갔다. 꽃이 피었다
지고 열매가 맺혔다.

　물끄러미 바라본다는 일, 거기 돌담은 피붙이를 키우듯이
비가 오면 비를 맞고 눈이 오면 눈을 들이면서 유폐생활을 하
였다. 그러나 지금은 처서를 잠시 지나왔을 뿐인데, 말벌들이
붕붕거린다. 돌담 하나 두고 이웃하다, 라는 격장隔牆이라는 말

0
2
0
　　　　　나를 위로해 주는 것들

이 절로 떠올랐다. 돌담을 쌓아두고 낫과 톱을 멀리하였다. 줄기는 줄기대로 꽃은 꽃대로 열매는 열매대로 아름다운 정물이 되었다.

엇갈리는 것도 없이 줄기로 얽어놓은 돌담, 새집과 뱀허물이, 말총벌집과 왕사마귀 알집도 있었다. 손톱으로 눌러도 터지지 않는 노랑쐐기나방고치도 있었다. 사는 게 무엇인가 생각할 때마다 돌담을 둘러봤다. 담장은 늘어져 잠만 자는 것이 아니다. 제 곁으로 놀러온 곤줄박이에 붙어 해 떨어지는 강에도 가보고, 잠깐이라도 보았으면 하는 오일장에 들러봤지만 더 볼 것 없다며 "괜히 왔다 간다"고 고분고분한 백구 꼬리에 붙어 다시 집으로 돌아오기도 했다.

저 깨어진 돌들은 한때 절에서 혼자 놀았던 돌부처였을까? 어머니는 씻을 것도 씻길 데도 없는 돌담의 그림자를 깔고 앉아 늦더위를 피한다. 그리고 도라지를 까면서 저물어 가는 것을 엿본다. 담장을 훌쩍 뛰어넘는 방아깨비, 피 흘리면서 날아갔다. 담장은 조용했고, 잘 보이지 않는 것은 언제나 가장 가까이에 있었다. 담장은 담장이 해야 할 일로 바쁜데, 어머니는 내 시집, 《처음 가는 마음》을 열 번이나 읽었다고 한다.

숨은
그림
찾기

자연 속에서 제 몸을 감추면서 드러내며 살고 있는 날짐승은 고귀하다. 특히 올빼미는 있는 그대로의 나무옹이 같다. 겨울 나무, 더 이상 감출 것이 없어 앙상하다고 생각했는데, 그 앙상함의 일부가 올빼미라는 사실이 놀라웠다. 말하자면 올빼미는 침묵 그 자체로 빈 공간에서 제 존재의 빛을 발하기 시작한 것이다. 올빼미를 보면 절망을 알고, 슬픔을 알고, 명상을 아는 성자 같다. 그리고 보니, 박달나무에 편 상황버섯은 나무껍질 같다. 하나인데 여럿인 무늬들, 전체를 드러낸 은폐다. 자연에서의 숨은 그림 찾기란 앎의 편견과 협소함을 깨는 일이다.

통장구

나는 오동나무로 통장구를 깎는 사람을 알고 있다. 오동나무를 그늘에 말리고, 도끼로 찍어 골격을 깎고, 바람에 말리고, 조롱목으로 나무속을 긁어내는 사람, 소리통이 생기는 곳에서 몸이 없어진다고 믿는다. 그림자도 지쳐 달아난다고 생각한다. 그도 그럴 것이 우둔하게도 한 번 시작한 일에 몰두하느라 끼니마저 거른 까닭이다.

낮과 밤과 타협하는 법이 없는 사람. 원래 약게 살 줄 모르는 사람만이 장구를 만든다고 했다. 이틀 밤을 지새우면서도 기진맥진할 때까지 딱딱한 울림통 하나 얻기 위해서 더운 것도 추운 것도 가리지 않고 생기와 신중함을 몸에 지니는 것이다. 그나저나 한층 더 맑은 소리를 내려면 갈고리 모양 옥낫으로 울림통의 속을 파내야 한다. 거칠기 짝이 없는 조롱목이 억세고도 아름다운 결을 지닐 때까지.

*

통장구, 작은 쪽이 채편, 열채로 때리는 쪽이다. 울림통이 더 큰 쪽이 궁편, 궁굴체로 치는 쪽이다. 소가죽은 저음, 말가죽은 고음을 점지해 준다고 했다. 가죽을 다섯 시간 동안 물을 먹이면 과거와 미래가 통하는 곧은 소리가 난다고 했다. 저 통장구만 있으면 서낭당 종이에 감겨있는 무당의 춤을 꺼내 올 수도 있고, 작년에 죽은 버드나무가 물소리를 매달고 물속에서 새순을 틔우게 할 수도 있다. 설장구춤 앞이면 그저 쉬쉬하고 삼켜야 했던 말을 쏟아낼 수 있다. 장구 앞에서는 조그마한 용기가 생긴다고 해야 하나.

장구 치는 사람은 귀신도 나무라지 않는다. 장구의 장단 속에서 죽음은 여릿여릿한 춤으로 왔다. 징이 부르는 춤으로 죽음은 살이 짓물렀던 섭생의 기억과 조우하면서 장구채의 리듬을 따라간다. 발뒤꿈치와 어깨가 함께 춤사위를 놓았다. 말하자면 잠깐이라도 보았으면 하는 그런 얼굴이었으면 좋겠다.

무엇을 감추고 여기까지 왔던가. 사실은 화란춘성, 장구채 하나 잡고 오래된 봄날의 무덤 속으로 들어가고 싶어 왔던가. 장구 하나 있으면 이정표 없는 길도 구만리 벼랑길도 거뜬하게 걸어갈 수 있겠다. 그러니까 죽음은 저세상에서 돌아 나오는 눈부신 춤이다. 나는 장구로 휘몰아치는 장단 앞에서 죽음을 달래는 큰스님 이야기를 생각했다.

방

방에도 아름다움이 숨겨져 있겠지만 나는 제대로 방을 볼 줄
몰랐다. 방은 엎드린 자가 벽 너머를 생각하고 누워있는 자가
천장 너머를 보는 곳이다. 우리 집은 누추하지만 더 애착 가는
방이 하나 있다. 그 방은 아랫방, 아버지의 수많은 약봉지가 있
었고, 문을 열면 삼시 먹을 우물이 보였고, 오목눈이 울음이 떼
거리로 와서 흔들고 가는 골담초나무가 있었다. 눅눅하고 서
늘한 공기를 먹고 자란 탓일까, 나의 코는 햇빛에 비치는 먼지
를 좋아하게 되었다. 이 방에서 나는 두 번 죽었다가 두 번 다
살아났다고 한다. 한번은 콩나물국을 가슴팍에 쏟아서 배와
허벅지가 으깨어졌다고 한다. 다섯 살인지 여섯 살인지 기억

나를 위로해 주는 것들

나지 않지만 거즈를 붙였다가 갈아주는 누나의 모습만 떠오른다. 삶이 섭섭하지 않도록, 나는 절대로 약하지 않아 그런 마음을 가졌던 것은 아닐까. 방은 깨끗한 것이 없어서 더러워 보이지 않았다. 뭔가 낡고 쇠잔한데 빛이 나는 방이 나를 집어삼키진 않았다. 대신 딱지에 새살이 돋도록 방은 나를 지켜주었다.

멋대로 놀고 싶었던 나는 아홉 살의 저녁 속에서 말벌집을 쑤시고 말았다. 붕붕거리는 소리가 쫓아오면 도망가서 숨고, 그런 숨바꼭질 놀이를 했던 것이다. 넷째누나가 물 길러 가서 막 돌아왔을 때 벌어진 일이다. 말벌에 호되게 쏘이니까 나는 꼼짝도 하지 않고 그냥 서있었다고 했다.

"아이고, 내 동생 죽네."

넷째누나는 연기 나는 솔잎가지로 말벌을 쫓아내고 나를 토방 마루에 데려다 놓았다. 들녘에서 돌아오신 어머니가 나를 보고 옷을 벗겼다.

"나 뒷집 좀 다녀올 테니까. 병일이 물수건으로 닦고 있어."

누나는 내 몸에 난 별자리를 닦아내고 있었고, 어머니는 서까래 밑의 짚을 꺼내와 군불에 태웠다. 촉촉하고 따스한 검은빛이 나를 쓸어내렸다. 어머니는 굼벵이의 쓸모를 알고 있었던 것이다. 굼벵이의 똥오줌이 벌침의 독을 제거해 준 것이

1. 숨은 위로 찾기

0
2
7

었다. 나는 온전하게 살아났다. 내가 잠에서 깨어나 한 일은 아랫방에서 말라가는 유과반죽을 탑처럼 쌓는 일이었다. 지금 생각해 보니까 나는 나를 일그러뜨림으로써 가혹한 쾌락에 가 닿고 싶었던 것 아닐까?

우리 집 작은 방은 미미하지만 싸리나무 꽃이나 족제비 꼬리털이 걸려있기도 했다. 그런 방에서 나는 죽은 사람의 얼굴을 처음 봤다. 아버지가 돌아가신 것이다. 아버지가 누워있는 자리, 한때 메주가 제 몸 가르며 곰팡이를 피웠던 자리였고, 술독의 틀이 골골골 술 냄새 끌어 올린 자리였다. 아버지는 죽은 사람. 죽은 얼굴에 핀 검버섯은 숨 트지 않았는데도 그냥 맑았다.

아버지 돌아가시고 반년 지난 후의 일이다. 매형은 아버지 돌아가신 자리가 무섭다고 했다. 그래서 잠을 문 쪽에서 잤고, 나는 아버지를 꿈속에서라도 만나고 싶어 아버지가 돌아가신 자리에서 잠을 잤다.

이 방에서 나는 태어났고, 이 방에서 아버지는 죽었다. 선하고 아름다운 것이 있다면, 바로 방이리라. 나는 이 방에서 사물들을 모나지 않게 바라보는 눈을 갖게 되었다. 나는 이미지에서 이미지로 건너뛰는 시적 사유를 좋아하는데 그날 새벽 아

나를 위로해 주는 것들

버지를 법진 못했지만 "방은 냄새의 얼굴이다 동시에 숨의 발자국이다"(시 〈방이 먼저〉에서)라는 구절을 쓰게 됐다. 내가 사랑하는 방은 사물을 전유할 힘을 준다. 아무도 밟지 않은 상상력에 몰두하는 힘을 준다. 나의 방은 집착과 갈등을 드러눕지 못하게 하고, 범속한 트임으로 나의 운명과 대면하게 해준다.

수
각
화

앵두나무 그늘, 처음의 꽃이 지고 있다. 후후 숨을 뱉는 것들이 동그랗게 자란다. 오래도록 피어있는 그늘 밑에서 여러 생이 높고 낮은 음音으로 몸을 바꾼다. 절로 외진 앵두나무가 붉어진다.

저 물속에는 모래 빛을 핥아가는 수많은 입이 있다. 햇볕을 통과시켜도 그 뼛속까지 새파란 것이 있다. 재첩은 편애하는 물의 색과 빛을 가지고 있다. 색의 기미를 한 올 한 올 제 껍질의 무늬로 새긴다. 저 강이 깊은 것은 재첩들이 푸른 낮의 공기를 내뱉고 있는 까닭이다.

재첩이 갈리는 소리가 들린다. 어머니는 돌확에 물비린내

나를 위로해 주는 것들

마저 갈고 있다. 돌과 껍질이 매끄럽게 갈린다. 파랗게 생긴 살이 흩어진다. 햇빛을 갉아먹은 것들의 살이 새까맣게 윤기를 뱉는다. 나는 미끄러지듯 돌확 쪽으로 귀를 바짝 세운다. 반쪽 몸만 남은 아버지, 닦아도 닦이지 않는 검버섯이 하루아침에 늘어났다. 덩달아 아버지의 잔기침 소리가 슬금슬금 어두워진다. 초여름인데 아직도 산골은 서늘하고, 물줄기는 침묵으로 더 깊어진다. 어머니는 아버지의 기침을 달래는 방법이 재첩국에 있다고 믿었다. 아버지는 어머니가 재첩을 돌확에 갈 때마다 수백 번 왔다 갔다 하는 정신으로 앵두 익는 소리를 엿듣는다.

놋주발엔 새파랗게 빛나는 것이 수북하다. 여울에서 자란 것들이다. 달이 뜨는 밤, 모래톱은 재첩을 살찌우고 구름이 이동하는 쪽으로 밀어둔다. 물살이 어긋나는 곳에서 군락을 이루게 해줬다. 불거진 옆구리에 박힌 무지갯빛은 재첩의 작은 등불이었으리라.

돌확에 갈린 재첩은 제 안의 소리들을 몽땅 토해놓고 죽는다. 그때 어머니는 팔꿈치 저린 줄도 모르게 정지 쪽으로 간다. 강에 나가 들어오면서 텃밭에서 뜯어놓은 부추를 잘게 썬다. 그것을 끓어 넘치는 재첩국 냄비에 넣고 숨만 죽여 내온다.

몸과 정신이 다른 쪽을 응시할 때, 병이 온다고 했다. 손톱을 자꾸 깨무는 아버지, 다시는 돌아오지 못하는 저승 문턱을 내다보는 걸까? 아버지의 옆구리는 수렁보다 깊게 파여있으니, 핏빛 그림자를 지울 수 없다. 저 몸의 징후를 따라가면 밥풀로 문풍지 붙이는 저녁과 첫밤 보내는 신혼일기를 훔쳐볼 수도 있겠다.

반쪽의 폐허를 위해 재첩국을 끓여 내오는 어머니가 있어 오늘도 아버지는 더운 숨을 뱉는다. 물이끼 짙은 처마 밑에서 아버지는 한여름을 마신다. 후후 불면서 국을 후루루 마시는 한낮도 낮달같이 흰 허리를 잠시 펴본다. 아버지는 고난이란 말과 후회라는 말을 입에 담고 살아본 적이 없다. 몸이 어지러웠지만 숨만 잘 쉬어도 삼십 년을 살 수 있다고 믿었다.

어머니는 미수를 앞둔 아버지를 방에 두고, 이제는 논일과 밭일도 시키지 않는다. 불평과 불만을 앞세우고 살 수 있겠지만 어머니 역시 죽은 발톱을 오래 바라보면서 죽음은 아무리 불러도 쉽게 오지 않는다는 것을 알고 있다. 어머니는 열아홉에 시집와서 지금까지 섬진강을 떠나본 적이 없다. 물소리 짙은 강가에서 줄곧 재첩을 잡는 일만 해왔다. 살가죽과 눈꺼풀이 주는 잠을 이겨내면서, 어머니는 물속에서 침묵하는 법으로 아이를 낳았다. 봄빛이 자리를 그늘 쪽으로 옮겨 앉듯 어머니는 세상에 나가는 법을 강물 속에서 익혔다.

재첩은 침묵이란 전류를 곡선으로 키우고 있어 껍질도 반달 모양일까? 혈액을 펌프질하는 심장을 기이한 존재로 바꿔놓는 힘도 지녔을까? 잠이 가려운 아버지의 몸이 달라지고 있는 초여름, 내 몸도 이미 재첩 냄새로 뻥하고 뚫린다.

초록빛 재첩 국물을 한 대접 마시는 아버지, 칼칼하게 뜨거워지는 걸까? 더 갈데없는 시원함과 조우하게 되었다. 한꺼번에 찾아드는 피들이 얼음장의 살갗을 내상內傷으로 뚫는다. 죽음이나 비애는 얼룩으로 남지만 재첩국은 아버지 몸에 난 저승꽃을 지운다. 견고한 모든 것은 대기 속에서 녹아 없어지고, 숨을 쉬는 것들은 저렇게 온갖 에너지의 파편으로 되살아난다. 아버지의 머리카락이 아직도 검은빛을 띤 이유다. 아버지 역시 폐허에 대한 편견도 없이 살아왔으니, 이미 죽은 옆구리로 삶이 헛되지 않도록 꼿꼿이 서고자 했다. 산에서 자란 아버지와 물소리로 자란 어머니는 눈길 자주 닿는 곳에서 운명이 정한 자식을 아홉이나 두었다. 속이 다 비치지는 않지만 새파랗게 투명해서 침묵을 편애하는 자식을 두었다.

앵두나무 그늘 평상에 아버지가 잠시 눕는다. 바람이 물소리를 베갯머리에 실어다주고 산 그림자를 잠자리로 옮겨주는 소리가 들린다. 차고 맑은 북쪽 산그늘이 강줄기에 제 그림자를 담는다. 물속을 걷고 또 걷는 재첩들, 모래톱과 함께 자란다. 폐 한쪽으로 살아가는 아버지, 저 물속 세상에 빛을 처바르고 있는 노을빛처럼 끓는 잔기침을 뱉는다. 손톱과 발톱이 흙빛 실금으로 갈라진다. 어머니의 몸엔 서럽고 가난한 생활이 물비늘로 피어 흐르고, 아버지 몸엔 세상 마지막인 듯 윤슬이 반짝거린다. 나는 그것을 저물면서 빛나는 수각화水刻畵라고 부른다.

* 《벽암록碧巖錄》에서 인용.

나를 위로해 주는 것들

수
각
화
2

소나무 그늘에 새소리가 걸리는 초저녁이다.

강물 속에서 낯을 씻는 하늘이 출렁했다. 물소리를 붓끝 삼아 꼬리에 감아둔 것들이 헐렁한 시월에 잠긴다. 저 달의 언덕에서 바다의 그늘로 살던 것들이 왔다. 아무도 오지 않고 아무도 찾지 않는 물의 골목으로 가을빛을 물고 왔다. 여름의 서늘한 물이끼는 더 이상 자라지 않는다. 햇볕만 가득한 시월이 물속 조약돌까지 내려와 있다. 저 햇볕을 쫓아가는 연어는 죽음 이후에도 먹고 자고 울 수 있을 것만 같다.

오늘도 차고 비린 물소리가 지리산을 돌아 나온다. 섬진 강의 윤슬이 잔잔한 아침이다. 섬진강은 곁가지로 물길을 내고 새파랗게 물소리를 내면서 흘러간다. 물비늘이 산길 내려오는 비탈길마저 잘 비춰준다. '회귀연어자원량조사'를 위해 아버지는 쇄골까지 끈이 올라오는 물장화 옷을 입고 그물을 치는 중이다. 연어는 지리산 천왕봉에 첫서리가 내리면 돌아온다고 했다. 여울목에서 연어는 물비늘 숨을 내쉰다.

아버지는 연어 일지를 쓰는 물결을 집까지 데리고 온다. 잠시 방이 물결무늬로 찰랑거린다. 나는 섬진강에서 태어난 갈대바람이다. 물소리는 물을 밀어내고 물은 바람을 쓸어내리는 계절, 외려 등줄기는 맑아진다. 하루살이 떼가 사라지고 없으니 습기 찬 아궁이에 군불이 들어온다. 혹, 혹, 화염을 내뿜는 아궁이, 굴뚝의 꽃잠을 흔들어 깨우기 시작한다.

나무 냄새가 나는 연기는 집의 영혼을 떠메고 날아간다. 그때 나는 아버지가 데리고 온 물결을 읽는다. 그 물결은 날이 어두워지면서 피리 소리를 낸다. 수평선에서 멀어진 피리 소리, 낮은 처마 밑에서 숨을 고른다. 민물자국이 눈동자에 번진다. 오밤중인데, 물줄기를 찢는 연어의 아가미들이 으슥해지는 걸까? 나는 산 너머 벼랑의 가을빛이 연어로 돌아오는 물길을 갈라지게 한다고 믿었다. 연어는 물소리를 꼬리에 키우고 살고 나는 갈대바람을 목청에 키우고 산다. 데미샘*이 고향인 나는 물소리에 어둔 몸을 녹인다. 물의 영혼이 머무는 자리에

나를 위로해 주는 것들

연어를 가두는 꿈을 떠올린다. 연어가 한 가닥 물길을 왜 찾아가야 하는지를 생각한다. 연어는 영혼이 비치지 않는 물소리인데, 가을빛 몇 번 건너가면서 어미를 그리워한 죄로 지느러미를 씻는다. 물 위의 별자리이지만 땅기운 아른거리는 지리산에서 어미로 다시 환생한 거다.

오늘도 물줄기를 찢으면서, 연어들이 북회귀선을 벗으면서 밀물을 탄다. 날짜변경선을 찢으며 그물망을 뚫어본다. 그러나 이빨이 새까맣게 빛나는 수컷은 수컷끼리 옆구리 벌겋게 아름다운 암컷은 암컷끼리 수족관으로 들어간다. 저 연어들이 아버지의 주름살을 접는다. 주름살 하나 또 접히듯이 연어마저 물비늘 냄새만으로 물길을 훤히 알고 간다. 아버지도 일 년에 딱 한 번 눈을 감고 연어를 잡는다. 보석으로 결정되지 않는 아가미에 쩍쩍 금이 가있는 연어들, 제 고향에 가닿을 때까지 먹이를 먹지 않는다고 했다. 새까만 이빨마저 깨지고 없었다.

아버지가 자고 일어나면 산그늘이 더 깊이 내려와 있고, 또 연어들이 팔랑팔랑 물결을 젓는 소리가 들린다. 연어는 자꾸자꾸 산그늘 속으로 들어가고 돌 속으로 들어간다. 아상과 아집도 없이 아버지의 힘줄은 도드라지고, 아버지를 앞지르고 있는 것들은 서리 머금은 단풍밖에 없다. 아버지는 지리산에서 나고 자란 사람들이 죽으면 물비늘이 된다고 믿었다. 또 그

물비늘이 연어의 몸에 들어가면 다시 모질고 독한 생명붙이로 태어난다고 믿었다. 나의 가계家系는 저 지리산 물줄기에 떠내려가지 않는 구름에 숨어있다. 할아버지는 구불구불한 강가를 떠도는 누더기 구름이 되었고, 할머니는 물비린내 야금야금 갉는 먹장구름이 되었다고 했다.

　　요 며칠 사이 바람신과 짐승과 사람이 좋아하는 빗소리가 다녀갔다. 빗소리는 구름바다를 떠나와서 집으로 가는 것들의 발자국인데, 아버지의 연어 보고서에 짧은 편지를 적어두었다. "애야, 아직은 물길 막지 말아라. 오늘은 옛집까지 다녀와야 한다. 거기 외면할 수 없는 데미샘이 있단다."

　　아버지는 가을비 지나간 냇가의 차돌덩어리에 앉아 흐르다가 엉키는 것들을 생각한다. 점성술사도 아닌데 연어와 물비늘과 지리산 아래의 세상을 내다본다. 밑바닥이 잘 보이는 섬진강, 모래와 자갈과 잡초 뿌리와 나무그늘이 엉켜서 살고 있지만 뜨내기 생명붙이들은 사는 것이 무엇인지도 모른다. 강줄기에 붙어사는 것이 무엇인지도 모른다. 그러나 지리산은 사람이 그리운 골짜기에 물불의 아름다움으로 찰랑거리고 있으니, 바위틈에 엉키는 잔뿌리로 아버지의 수각화를 엿듣고 있겠다.

*　　섬진강 발원지.

나를 위로해 주는 것들

수각화
― 무덤

무덤과 무덤 사이엔 헛묘가 있다. 무덤 속을 쉽게 드나드는 것은 화사나 능구렁이밖에 없다. 지금은 삘기가 피는 계절, 햇볕이 주름살 깊이 파고든다. 아버지는 농사일이 한가할 때마다 무덤 깎는 일을 했다. 무덤은 원래 고봉밥 높이로 떠있었지만, 폭풍과 눈보라와 빗줄기 들의 무게를 견디지 못했다. 뗏장의 삼 할이 낮춰져 있어 민달팽이같이 편편하다. 아버지는 수렁논 세 마지기를 짓고 싶어 무덤을 깎고 산을 돌보는 일을 했다.

　　메뚜기들이 뛴다. 방아깨비는 구시렁대듯 속치마 날개를 편다. 잡풀들이 예초기에 깎여나간다. 외려 바짓단을 감는 풀 냄새는 더 짙어진다. 무덤 사이 조심조심 걷고 있는 아버지 모습이 꼭 죽음의 주소를 찾고 있는 저승사자 같다. 바람의 색깔이 된 초록들은 영혼 따위는 없다고 믿고 자랐지만 아버지는 산골짜기를 날아온 삘기 꽃씨들이 무덤을 키운다고 믿는다.

아버지는 아홉 반상의 무덤을 깎았다. 눈에 밟히는 것은 멧돼지가 파놓은 구덩이가 아니다. 졸참나무 그림자에 숨긴 헛묘 두 개다. 선산이 없어 이쪽 산과 저쪽 산의 경계에 써놓은 묘라고 했다. 죽어서도 맘 편하게 갈 곳이 없는 아버지, 자식들 몰래 흙덩어리 오두막을 지어놓았다.

햇빛에 잘 마르고 바람이 잘 통하는 헛묘, 아직 그 속이 비었으므로 구멍을 치고 새순을 밀어 올리는 것들이 산다. 차고 푸른 비늘로 대가리 꼿꼿하게 세우고 있는 것은 화사다. '꽃막대기' 같지만 목을 길게 빼고 자주 울어서 '꽃피리'라고 부른다. 들쥐와 참개구리를 잡아먹었는지 흰 껍질이 찢겨있다. 땅땅했던 것들이 쉬이 꺼지는 계절이지만 화사는 노을빛에 제 영혼을 맑게 개어본다. 물방울 소리로 눈을 떴다가 사라지는 별빛이 무논에 비친 무덤 속으로 떨어진다. 그래서 밥그릇 모양 저승 한 채를 끌어들이는 무덤을 깎는 일은 숭고하다. 아버지가 한숨 돌리던 자리, 영원히 해갈되지 않는 죽음의 언어들이 고사리나 삘기로 피어난 느낌이다.

한번은 무덤 깎는 일이 힘들어서 들불을 놓은 적이 있다.

그때 새까맣게 탄 것은 무덤이 아니라 아버지였다. 해가 들지 않는 땅속 그늘과 산그늘마저 다 태워먹었다. 그때 아버지는 저승 문턱 두드리다가 돌아왔는지, 무덤가에서 참숯 몸뚱이로 발견되었다. 죽었다가 되살아났지만 꿈에서 본 풍경을 잘 기억했다. 숭늉 한 그릇 마시면서 꿈 이야기를 했다. 주막집 아그배나무 밑에 노새를 매어두고, 저녁밥을 먹고, 책보에 쌓아둔 족보를 읽다가 그만 졸았는데, 깨어나 보니 마른 번데기처럼 딱딱한 씨앗으로 몸이 바뀌어 있었다고 했다. 눈썹과 정수리가 눈물자리 굽어보듯 아버지는 서리 꺼지는 극락강의 새벽을 시나브로 건너왔다고 말했다.

그날 이후 아버지의 눈빛은 저승사자마저 쓸쓸한 헛것으로 여겼다. 여전히 무덤 열리는 소리가 영정사진 속으로 숨어든다는 미신을 믿었다. 그러나 아버지는 무덤에도 급이 있고 명맥이 있어 함부로 묫자리를 쓰지 못하고, 끼어들기도 못하겠다고 말했다. 산뽕나무처럼 곧게 말라가는 다리와 눈물샘에 고인 눈곱이나 떼면서 이끼 낀 성곽에 사는 누이나 친구들이 자주 꿈에 비친다고 했다. 이따금 뒷간과 뒤주 잘 있냐고 물어보는 할미가 아직 올 때가 아니라고 통박만 놓고 사라진다고 했다. 죽음이란 두꺼비집 퓨즈 나가듯 빛이란 정신을 잃는 것인데, 아버지는 무덤을 깎고 귀신들과 대화하고 돌아온 밤이면 오지 않는 잠을 청하느라고 끙끙 앓는다. 두꺼운 이불을 덮고 벌써부터 귀신들의 보행법을 생각하고 있을지 모른다. 얼굴과 손등엔 반점과 저승꽃이 많아졌다. 그러나 눈물샘은 고단한 일생을 예감했는지 모른다. 아랫도리가 잠시 헐거워진 아버지! 오늘도 한사코 맨밥 한 그릇 뚝딱 비우고, 어두운 지층 속에 길을 만들고 있는 무덤의 안부를 살피러 간다. 사는 것이 문제가 아니라 무덤과 가까워지는 법을 배우러 가는 것이다.

그런 날에는 아버지가 태워먹은 산으로 어머니가 간다. 동글동글하게 말린 고사리를 꺾는 어머니, 분주하게 발걸음을 옮긴다. 한날한시 이렇게 대가리 새파랗게 내밀고 있던 것들이 많았던가. 어머니 얼굴에 핀 반점이 검버섯으로 묽어지면서 더 이상 콧노래를 들을 수가 없다. 이제 저승 건너갈 힘으로 육개장에 넣을 고사리 관冠을 찾는다. 봄볕처럼 사흘이 멀다 하고 고사리와 사랑에 빠진다. 이 봄날을 견디기 위해, 어머니는 간식으로 싸온 주먹밥을 꼭꼭 씹어 드신다. 그리고 돌밭의 눈과 귀가 심심해하지 말라고 고들빼기 씨앗 뿌려두는 것을 잊지 않았다.

그나저나 숨 쉬는 것마저 힘든 아버지는 죽음만은 양보할 수 없다고, 어머니 몰래 무덤가에 가 먼저 누워본다. 하늘 쪽으로 흘러가는 저 낮달이 눈꺼풀을 열고 들어온다. 가뭇없이 사라져도 좋겠다고 늘골 사이로 밀쳐두었던 기침 몇 개가 솟구친다. 송장메뚜기처럼 일어서서 틀니로 웃는 아버지의 잇몸이 촉촉해 보인다. 저 북망산천이 있는 곳에서 쌀 씻어 안치는 소리가 들린다. 무덤은 처음부터 알 까는 것들이 살고 있어 이승과 저승이 한통속이겠다. 어머니와 아버지가 지상에 유감없이 출현하는 잉잉대는 벌 떼 소리에 귀를 내어준다. 그때 두꺼비메뚜기가 무덤을 등지고 날아간다.

팥

팥은 단단하다. 불에 구우면 녹을 것만 같지만 더 단단해지는 것이 팥이다. 하여 팥은 삶아야 한다. 삶아야 물러진다. 붉디 붉은 팥 냄새를 맡고 있으면 피가 몰린 목과 얼굴도 금세 환해진다.

팥죽을 쑤기 위해 가마솥 아궁이로 군불을 밀어 때는 어머니, 팥물이 자글자글해질 무렵, 굵은소금으로 간을 맞춘다. 그때 팥은 훈김을 피우면서 붉은빛으로 한 번 더 달아오른다. 냄새만으로도 단맛이 느껴진다. 입속으로 팥을 털어 넣고 씹지도 않았는데, 팥은 냄새를 잘 뱉어낸다.

나는 팥죽을 쑤면서 중력과 부력이 텅 비어있다는 것을

알게 됐다. 동지에 매번 팥죽을 쑤지만, 어머니는 신중하게 팥을 삶고 신중하게 팥을 으깨고 신중하게 새알을 빚고 신중하게 장작불 냄새를 입는다는 사실도 알게 됐다.

가마솥에서 팥죽이 끓어오를 때, 눈발이 휘날렸다. 세상이 어두워져야 그 속이 잘 보인다고 눈송이들이 가마솥으로 뛰어든다. 동짓날도 무엇을 해야 하는지 알고 있는 것 같다. 모든 것이 우연이겠지만 불에 타 재가 된 장작더미는 아직도 따스하고, 팥죽은 졸여지면서 반짝반짝 부풀어 오른다.

팥죽 한 그릇을 대문 앞에 놓아두었다. 귀신이 들지 말라는 풍습이다. 관자놀이가 종일 가려웠는데 팥죽을 먹으니까 몸의 그림자마저 가벼워졌다.

팥은 두 개의 얼굴을 가지고 있다. 흰 얼굴과 붉은 얼굴을 가진 돌멩이인데, 그 돌멩이에겐 냄새와 감정이 있고, 목소리도 있다. 항상 주름으로 가득한 세상을 담고 있어 단단한 것인데, 그것이 내 몸속으로 들어와 순간에 집중하는 힘을 주었다. 팥은 나를 지나 어디로 가는지 한 숟가락 떠서 씹지도 않고 목으로 넘겼는데, 걸리는 것이 있었다. 그건 위로였다. 목을 마르지 않게 하는 힘이었다.

팥이여, 너는 제법 질긴 껍질을 가지고 있구나. 그런데도 핏빛 아름다움을 지녔구나.

기린의 어떤 힘

기린의 힘은 일곱 개의 목뼈에서 나온다고 생각해요. 기린은 시각, 청각, 후각으로 이 세상의 아름다움을 내다볼 수 있는 짐승이에요. 기린의 몸은 세상 모든 언어와 상상력과 리듬으로 가득 차있었지만 나는 알아보지 못했죠.

  지극히 당연한 이야기일지도 모르겠으나 내 삶의 변화는 아이, 아들이 태어난 후로부터 글쓰기가 '즐김'으로 바뀌었다는 겁니다. 절망의 글쓰기가 아닌 흥의 글쓰기. '앞으로 뭘 해서 먹고 살아야 되나' '이 아이를 키우려면 뭘 잘해야 되나' 그런 생각을 했던 것 같습니다. 그런데 나는 잘하는 것이 하나도 없었어요. 장난기가 많았는데 그런 것들이 사라졌어요. 모든

게 불안했으니까요.

아이는 사물에서 발견하지 않고도 발견하는 질문을 해주었어요. 아이를 키우면서 감당해야 할 몫이 있는데요, 그 몫은 아직 살아보지 못한 삶이었으니, 막막하기도 하면서 작은 사랑이 무엇인지 알게 되었어요.

이를테면 아이가 과자나 밥을 먹다가 흘린 것을 주워 먹었는데요, 침이 잔뜩 묻어있었죠. 그걸 아무렇지도 않게 주워 먹고 있었어요. 더럽다고 멀리했던 것들이 몸에 바투 붙어있었지요. 내 안의 '나'를 드러내 주는 일을 아이가 해주고 있었던 것입니다.

자동차 없이 어디를 놀러 다닌다는 것은 힘든 일입니다. 놀랍게도 나는 아이를 안고 잘 다녔어요. 아이가 자면 내 어깨에 얼굴을 파묻고 편안하게 잘 수 있도록 항상 면으로 된 옷만 입고 다녔어요. 한번은 속이 좋지 않았는지 아이가 몽땅 음식물을 내 가슴팍에 토해놓고 말았어요. 아이는 계속해서 "아빠, 죄송해요"라고 말하는데, 그 말은 꼭 잠자리가 수면을 차고 날아갈 때의 아슬아슬한 떨림의 언어 같았죠. 하물며 아이의 눈빛은 '아빠가 화내면 어떡하지?' 말하지 않고 말하고 있는 그런 표정이었죠.

지금 당장 해야 할 숙제는 아이가 불안하지 않게 해주는 거였죠. 아이를 안고 불쾌함과 불편함이 없도록 토닥토닥 등을 두드리며 어린이대공원을 걸었어요. 아이는 떼를 쓰지 않고 곤하게 잠들었어요. 그러면서 나는 눈앞에 있는 기린을 오랫동안 바라봤어요. 기린의 눈동자를 들여다보고, 마음을 읽으면서 모가지에서 나오는 힘으로 기린이 걷는다는 것을 발견했죠. 전신을 감고 있는 장대한 목인데, 기린은 목으로 인사하고 목으로 싸움을 한다는 것을 알게 되었어요. 기린이 '너는 무엇 하러 이곳에 왔는가'라고, 돼먹지 않은 글쓰기에 목매지 말라고 현실에 집중하라고 목으로 말하더군요.

한눈팔지 않고 아이를 지켜보는 것, 내가 한눈팔면 아이는 꼭 다치거나 재리를 한다는 것, 이 변변찮은 글쓰기나마 계속되어야 한다는 것, 하여 나는 '아이의 삶이 곧 내 삶이다'라고 내 인생관을 바꿔보기로 마음먹었죠.

내 나이 마흔하나, 이제는 글쓰기 말고 잘할 수 있는 일이 없는 것 같은데요. 세상 모든 것을 감아 올리는 언어의 힘을 가지고 싶었죠. 이 글을 쓰면서도 나는 일희일비—喜—悲하지 않고, 죽을 때까지 쓸데없는 욕심에서 멀리 떨어져 나오고 싶어요. 그게 잘 될지 모르겠지만 그래도 글쓰기는 내가 반성하게끔 사유를 주고 가끔 현실과 상상력을 긁어 피 흘리게 해주니까 좋은 것 같아요. 기린은 나를 '한 수 위'의 세계로 가져다 놓았죠.

나를 위로해 주는 것들

기린의 혀가 새잎을 뜯으면, 우산아카시아나무는 꼭 한 가지만 묻는다.

"감당할 수 있겠어?"

기린은 콧구멍을 여닫고, 눈이 매워도 울지 않았다. 큰 바람을 거슬러 멀리 가서 잎을 톡톡 끊어먹는 것이다.

"이럴 줄 알았으면 기를 쓰지 말걸."

나무둥치가 제 잎을 밝힌다. 불개미 한 마리가 수억 마리를 이끌고 들어온다. 목적지가 있다는 듯 기린의 눈가를 올라탄다.

굽이 높은 뿔 구두가 짖는다, 벌을 받는 거다. 먹구름을 뜯는다. 후一두둑, 장대비가 쏟아진다.

개미들은 백 년을 걸어야 닿을 수 있는 흑국黑麴나무에 도착했다.

기린의 혀는 가시에 찔려도 통증을 맛볼 수가 없었다.

우산아카시아나무는 빗소리를 머금고 싶을 때마다 가장 작은 잎을 틔웠다.

그러니까 어디선가 서있을 그것처럼 어디엔가 있을 그것처럼 덕분에 먹어도 배부르지 않는 그것처럼 안간힘이 되고 후생에 대한 아름다움과 어스레한 파국이 더해지는 갈등을 나는 한 수 위라고 부른다.

이 작품에서는 '눈에 보이는 것이 전부는 아니다'라는 것을 말하고 싶었어요. 기린은 육중하고 그토록 날랜 짐승인데요, 그 짐승에게 뜯기는 아카시아나무도 기린의 동선을 제한하면서 알게끔 혹은 모르게끔 제 존재를 감관으로 환기하면서 불개미를 불러들이죠. 뿌리까지 뽑히면 나무는 죽고, 나무가 없으면 기린은 죽고, 불개미 역시 나무의 화밀을 먹고 살 수 없으니 죽는 것이죠. 그런데 불개미와 나무와 기린은 묘한 관계를 갖게 됩니다. 마치 아무 일도 없었던 것처럼. 초원의 어떠한 조건 아래서든 불개미와 나무와 기린은 '한 수 위'라는 의지를 다지면서 서로가 서로의 버팀목인 줄도 모르고 살아가는 것이죠. 그런데 기린의 목에 살과 뼈가 없다면 그건 그냥 황량한 목재가 아닐까 싶어요. 감히 나는 기린의 목을 응시하면서 한순간의 상념이 빚어낸 필연성에 대해 이야기했을 뿐입니다.

소금창고와 말과 갯골과 칠면초가 있는 풍경을 바라본다. 세 시간만 지나면 물이 들어온다는데, 나는 갯바람을 씹지 않고 통째로 삼켜본다. 무엇에도 묶이지 않는 것이 있다면 저 갯바람일까. 말은 달릴 수 있을 때까지만 서서 잔다고 했다. 말은 누워서 자면 내장이 엉켜 상한다고 했다. 어떻게 하면 저렇게 서서 잘 수 있을까? 말구유를 떠올리면서 나는 달리지 않고서는 견딜 수 없는 발굽의 나이를 생각했다.

말이 소금창고 곁에서 풀을 뜯어먹는 동안, 소금창고는 물결에 조용히 처마 맞대며 무너질 것 같았다. 여름보다 단단해진 갯골을 뿌리로 굴려보는 칠면초 一家는 가끔씩 붉은 몸을

나를 위로해 주는 것들

떨었다. 초로의 마부는 말을 키우면서 살아가는 기쁨을 얻었고, 어느 것 하나 허술하게 다루지 않는 마음을 다졌다고 말했다. 그때 허허실실虛虛實實이란 말과 함께 갈대 뒤쪽으로 툭, 하고 떨어지는 것이 보였다. 별이 죽고 달이 죽어도 공중은 죽은 게 아니다. 저 새 떼가 솟구치고 다시 내려앉을 때마다 공중은 날빛과 함께 살아가는 것이다. 그래 그렇구나. 새 떼는 공중을 몸에 들이면서 악랄하게 땅바닥에 붙여놓기도 하는구나. 그렇다면 저 소금창고도 다시 출렁거리는 바다가 되려고 죽음을 키우는 걸까? 따갑지 않은 노을 속에서 따스하게 녹아내릴 소금과 함께 말이다.

시월 말일, 나는 시흥으로 문학 강연을 왔다. 저 바다는 멀고도 가까운 큰 숨인데, 숨을 가지고 들어가면 끝끝내 숨을 놓치게 된다. 나는 아가미가 없는 사람. 오늘은 어떤 이야기를 길어 올려야 할까? 생태갯골공원을 한참 동안 걸었다. 걸으면서 말하고 싶은 것이 하나 생각났다. 나를 믿어주는 사람. 나를 믿어주는 삶. 어머니의 이야기를 들려줘야겠다. 오늘은 시월 말일이고 갯골마저 투명하니까 나는 수렁에서 생명을 끄집어내는 이야기꾼이 되기로 마음먹었다.

두 편의 나무시에 대하여

나는 산을 잘 읽는다. 산을 이루고 있는 나무만 보고도 그 안에 어떤 것이 살고 있는지 가늠할 수 있다. 그 능력은 네 살 때부터 산을 오르내리면서 얻은 '감각'이 몸속 깊은 곳에 자리 잡고 있는 까닭이다.

담배농사를 짓는 마을, 백운白雲. 담배꽃의 아름다움을 아는 사람은 그리 많지가 않다. 담뱃잎 다 따내고 꽃대에서 마지막 꽃순이 나온다. 연보랏빛 담배꽃 위로 잠자리 날개 부딪치는 소리가 힘차다. 팔월인데 길 없는 길을 돌아 나가는 바람마저 잘 보인다.

나는 진안고원의 한 자락에서 자랐다. 팔월의 덕태산

(1,113m)은 흰 구름이 많아서 아름답다. 구름은 말발굽 같기도 하다. 사과가 단단해지는 계절이다. 일찍이 나는 동물 언어도 좋아했지만 나무의 동적 면모를 특히 편애하였다.

이를테면 "흑매화 꽃눈 속으로 겁도 없이 뛰어"(〈흑매화와 호랑이〉, 《옆구리의 발견》, 창비, 2012)든 호랑이와 조우하거나 "사과 한 알마다" "발그레한 연어가 살고 있다는 설화"(〈연어〉, 《아흔아홉개의 빛을 가진》, 창비, 2016)를 산골 아이의 입을 빌려 와 노래하였다. 또한 포착할 수 없는 존재의 신비를 더 유현幽玄하게 직시하고자 했다.

특히 내가 주목을 요하는 시적 대상, 호랑이의 시적 질료를 보면, "후미진 꽃나무에게 흘깃흘깃 들키는 호랑이, 제 피가 비치는 살을 씻고 봄산 구석구석에 눈동자를 박는다"(〈호랑이〉, 《아흔아홉개의 빛을 가진》)고 묘사하는데, 이것은 꽃과 호랑이가 서로의 몸에 삼투하면서 이원적 운동성을 보여준다고 할 수 있겠다. 이처럼 사라지면서 다시 나타나고 나타나면서 사라지는 것들을 몽환적으로 그려내다 보면, 자연스러운 삶의 이야기가 펼쳐진다.

세 번째 시집 《나무는 나무를》(문학수첩, 2020)에서는 나무가 내뿜는 빛에 반응하고, 탐미적인 상상력에 도달하기 위해 언어감각을 어떻게 향유할 것인가, 오래 생각했다. 코로나

19가 주는 공포, 음울한 내면풍경보다 그것을 이겨내고 극복해 내는 장엄한 아름다움을 보여주고 싶었다. 나무에 대한 어떤 힘, 어떤 징후, 어떤 기억을 읽고 싶었다.

삶의 문제의식을 자연에 감추는 일은 흥미로운 일이다. 나는 하나의 사건이자 이야기를 시각(이미지)으로 바꾸어 놓는다. "언제부터 저 몽환의 불을 '피자두'라고 불렀는지"(〈피자두〉, 《나무는 나무를》)의 과정이 그 물증이다. 나는 사물 속을 비추는 빛이 아니라 사물 속에 감춰진 존재의 신성함을 이야기하고픈 것이다. 그렇게 쓰여진 시가 〈나무는 나무를〉이다.

나무란 무엇인가 생각해 보면, 나무는 세계수임이 틀림없다. 나무는 한자리에 머물러 있지만 비와 짐승과 사람을 불러들인다. 그 안에는 바람도 있고 새도 있다. 일주일에 두 번 산을 탔는데, 계곡과 비탈과 바위는 앓고 있었다. 사람을 피해서 산에 왔지만 공산空山은 없었다. 세상에서 가장 가려운 것이 '사람'이다. 모든 것들이 잠시 멈추자 지구가 깨끗해졌다는 소식이 들렸다. 기쁜 소식이다. 우리들이 지구를 얼마나 많이 괴롭혔던가.

산에 와서 나무를 보면, 삶이란 저런 것이구나, 라는 생각을 갖게 된다. 절벽에 선 소나무, 비탈에 선 팽나무, 계곡에 선 참나무, 그리고 고목까지 제 삶이 엉망이라고 생각하는 나무는 한 그루도 없다. 나무는 뜯기고 모든 것을 내어준다. 짐승이 와서 등을 긁어도 가만히 있고 제 잎과 줄기를 뜯어먹어도 가만히 있다. 여름산엔 날것들이 많다. 겹겹 산 능선을 이루면서 지친 기색도 없는 나무들, 그 속으로 들어가면 나무 소년을 만날 것만 같다. 나는 나무를 해찰하면서 "나무는 나무를 지나 죽고,/죽은 후에야 그루터기란 이름을 가진다고 해요" "나무는 천둥새를 쫓아온 사냥꾼인데요/뉘우침도 많아서 왜 여기에 왔는지 금방 잊고요" 이런 구절을 얻었다. 나는 나무를 해찰했지만 그 해찰이 나무에 숨은 이야기와 의미를 찾아 나선 촉매 역할을 해준 셈이다.

산에서 죽은 나무는 죽은 나무지만 죽음으로 생명을 키운다. 고사목은 칡넝쿨에게 난간을 내어주고 제 몸을 친친 감도록 눈을 감아준다. 그래야 죽음이 부서지지 않는다고 믿는가 보다. 그렇게 또 해찰하다 보니 "곁에 두고 있지만 죽음이 없다는 듯이"란 구절이 쓰이게 되었다. 고사목은 바람에 흔들리지 않는다. 나는 "완강하게 앉아 부리로 숨을 찢어먹는" 수리부엉이에게 눈길을 준다. 아니, 훔쳐본다. "오래 살아남기 위해서 돌산으로 깊이 들어와 있다"(〈고사목〉)고 생각한다.

누군가 나의 시를 생태학적 관심의 발로라고 이야기한다면 그 말도 나름대로의 일리가 있겠지만 정작 나는 가장 은혜

롭고 연약한, 그럼에도 불구하고 자기주장이 없는 것들의 언어를 읽어내고 싶었다. 그게 〈나무 소년〉이라는 시다.

시적 대상에 대한 새로운 해석을 내놓는 일은 결코 쉬운 일이 아니다. 하물며 나는 상상력을 어떻게 발휘할 것인가 하는 문제 앞에서 종종 좌절하는 편이지만, 한편으로 또 자극을 받는다. 어떻게든 사물과 이야기가 마주치게 될 이미지, 즉 시적 공간을 생각하면 또 즐거워진다.

나는 모든 사물에는 저마다 내부에 존재의 이야기가 숨겨져 있다고 믿는 편이다. 그렇기 때문에 평소엔 보이지 않던 것들에게 집중하면 아득한 환상이 보인다.

그때 물 한 바가지 모아둔 나무 소년은
피 흘리는 기린을 외면할 수 없어
큰 눈 가득 들어 있는 산해경을 꺼내 읽는다
기린이 쉬는 자리마다 꽃 돌 비단이 깔린다

나무 소년은 입을 꼭 다물고 기린에게 뜯긴다
그늘이 곁에 와 서서 형형한 새벽을 핥아 준다

　　　　　　　　　　　　　　　　　　　ㅡ〈나무 소년〉 부분

이 작품을 쓰기 위해 나는 '기린'을 등장시켰다. "피 흘리는 기린"이다. 기린은 처음 맞는 밤과 별자리를 긁고 왔는데, 피를 흘리고 있다. 그런 기린을 위해 나무가 된 소년은 외면할 수가 없다. 나무는 뜯기고 자라면서 회복하는 능력을 지닌 세계수이기에, 소년은 기린에게 뜯기기로 마음먹는다. '기린' 역시 신화의 세계에서 건너온 짐승이다. 나무는 그 세계의 이야기가 궁금하다. 그렇게 나무 소년은 뜯기고 "큰 눈 가득 들어 있는 산해경"을 읽는다. 기린이 쉬는 곳마다 귀한 것들이 쏟아진다. "꽃 돌 비단"이다. 그것은 기린이 회복하면서 주고 간 이야기이다. 나무 소년은 이야기에 빠지면서 기억을 또 잃는다. "입을 꼭 다물고" 기린의 식사 시간이 끝날 때 즈음 그늘은 곁에 와 나무를 닦지 않고 형형한 새벽을 핥아준다.

이렇게 산을 타면서 나의 해찰은 '나'이면서 동시에 타자일 수 있는 '회복의 순간'을 제공했던 것 같다. 상처, 무늬, 흔적을 통해 있는 존재태의 이야기를 현재형으로 묘사하고자 한 것이다.

산
벚
나
무

산벚나무 아래 죽치고 앉아 손톱으로 꾹꾹 눌러 죽인 벌레를
생각한다. 꽃이면서 벌레인 중동重瞳을 긁고 왔으니, 엄지손톱
밑이 까맸다. 만지면 깨지고 녹으면서 피는 것이 있는데 나는
그것을 잘 안다. 오, 이것은 짐승도 아니지만 눈부신 발굽을 가
졌고, 꽃을 몰아가는 심장을 가졌다. 누가 부르지 않아도 꾀꼬
리는 왔고 오래 살아남은 것들의 피를 씻어주기 위해 작년보
다 작은 도롱뇽이 꼬리로 번개를 쳐댈 때, 나는 저 산벚나무가
피와 피가 엉켜있는 즘생나무라고 생각한다.

  또한 목숨을 향하여 보채는 것을 보면 나는 사카구치 안
고(1906~1955)의 단편소설 〈벚꽃이 만발한 벚나무 숲 아래〉가

나를 위로해 주는 것들

떠오른다. 산벚나무의 주인, 산적은 무엇인가를 찾고 있었지만 그 무엇인가를 몰라서 그저 계속해서 광적으로 살인을 저지르는 사람이다. 도시는 산적에게 피곤하면 자게 하고, 굶주리면 짐승을 사냥하게 해주지 못한 공간이다. 산적은 사는 고통이 무엇인지 모르면서 고통 속으로 내던져진 존재가 된 것이다. 사랑하는 여자를 위해 산적은 짐짓 세상에게 속아주는 마음으로 살았다. 여자를 위해 사람의 목을 잘라 모아두는 취미도 가져보았지만 산적이 가질 만한 값진 것은 하나도 없었다. 봄밤, 산적은 불 끄고 누웠다. 머리맡엔 아직 가보지 않았는데 꽃가지를 펼쳐 든 산벚나무가 거기 서있었다. 결국 산적은 꿈이 삶의 고독이고 삶의 고독이 꿈인 세상에서 흐드러지게 핀 산벚나무를 다시 만난 것이다. "사랑은 지옥에서 온 개"* 였는지도 모른다. 봄빛 같은 여자를 업고 가다가 결국 요괴로 생각해 그 목숨을 빼앗는다.

이 봄밤, 그로테스크하고 환상적이면서 쌔빌린 이야기를 잠 안 자고 읽는 사람이 있다면, 불현듯 산적을 위해 피는 산벚나무 꽃가지에 홀리게 될 것이며, 그 사람의 마음은 온통 공포의 아름다움에 빠져 자신의 존재를 잊어버릴지도 모른다.

*

사월, 고사리를 꺾다가 모르는 산길을 내려갔다. 신선나비를 좇아 간 곳, 산벚나무 한 그루가 응달 진 곳에서 밤낮없이 꽃을 피우고 있었다. 인중 짧은 아이들이 죽어 묻힌 곳이었다. 그동안 그 무덤이 어디인지 몰랐지만, 이 폐허가 하도 희어서 두려운 마음을 밝게 해주었다. 나는 몸 벗은 영혼이 사는 곳이 저 산벚나무 속의 방이라고 생각했다. 우수수 흩날리는 것이 꽃인지 나비인지 분간되지 않았다.

엉겁결에 잘못 든 산길. 산벚나무의 신비함과 마주했다. 홉, 하며 숨을 크게 쉬는 산벚나무, 죽은 아기의 영혼을 새의 몸으로 바꿔준다는 이야기를 생각했다. 나는 왜 회복이란 말이 아닌 환생이란 말이 떠올랐을까? 짓무른 흠과 흠 사이 무구하게 맺힌 물방울이 영원히 마르지 않을 것만 같았다. 눈발도 구멍 난 데만 피해 쌓이는 산벚나무였다. 구십구 일 피어 단 하루 만에 지는 산벚나무인데 천천히 꽃잎으로 서고 걷고 뛰면서 춤추고 있는 것만 같았다.

나무는 처음 보는 것처럼 나에게 당신은 누구냐고 물었다. 나는 산벚나무를 좋아하는 사람이라고 대답했다. 나는 산벚나무를 있는 그대로 봤다. 죽음이 새로 태어난 자리 곁에서 양치식물이 자라고 있었다. 돌무더기에 낀 솔이끼도 자라고 있었다. 모름지기 나는 산벚나무의 아름다움과 놀면서 어떻게 놀아야 하는지 신선나비같이 헤매고 있었던 것이다.

* 찰스 부코스키의 시집 제목.

집이 나를 부른다

따스하고 자유롭고 아름다운 것이 있다면, 봄눈일 것이다. 봄눈은 모래무지도 외뿔고래도 소금쟁이도 아닌데 순하다. 순한 것은 쇄빙선같이 단단하지가 않다. 밤낮을 지나왔지만 금세 물이 되는 봄눈, 고로쇠나무의 피가 먼저 녹아 흐르는 정강이를 골라 밟는다. 동사무소에 간 적이 없는 고로쇠나무들, 저마다 전입신고가 되어있었다.

해발 800미터에도 물그림자가 생기는 오후, 고로쇠나무에 구멍을 내고 호스를 끼우는 사람이 있다. 왕고로쇠, 산고로쇠, 우산고로쇠, 집게고로쇠, 붉은고로쇠의 수령을 의연하게 읽는 사람이다. 기억력으로 산을 탄다고 했다. 손아귀 힘이 빠져나갈 때까지 작은 질병을 달고 산을 탄다고 했다. 그래야 산에 붙은 목숨이 순조롭게 나이를 먹어간다고 했다. 발목이 흰봄눈같이 외진 절벽을 내딛고 다닐 수 있는 것이라고 했다. 고로쇠 물만 먹어도 나흘은 거뜬하게 지낼 수 있으며, 정신이 서글서글해진다고 했다.

*

올해 여든넷의 어머니가 봄눈처럼 먼저 전화를 해왔다. "입이 자꾸 마르는구나. 몸이 고로쇠 물을 찾는 것 같다." 나는 지리산농협의 고로쇠 물을 주문하여 고향집으로 보냈다. 어머니는 하루 두 잔 고로쇠 물을 먹고 두꺼운 성경책을 읽었고, 보건소에 나가 혈압 약을 지어 왔고, 면사무소에 나가 주유비 카드를 만들었다. 어머니는 없던 힘이 생긴 것 같다고 말했다. "그런데 애야, 허벅지 근육이 작년보다 더 얄팍해졌구나."

*

봄눈이 많이 왔지만 금세 녹았다고 한다. 고향에 내려가기로 한 날, 나는 허리를 삐끗했다. 이틀 동안 벅벅 기어 다닌 것만 같다. 네 발 달린 즘생이 된 것만 같았다. 한쪽으로 휜 허리를 보니까 옆구리 뼈 도려낸 할아버지 같다고 아들이 말했다. 일주일 동안 허리를 곧추세우고 싶었지만 그러지 못했다. 허리복대를 하고 다녔다. 모든 것이 불편해졌다.

더 잃을 게 없는 사람에게 한 번 더 불행이 찾아오듯 나는 아프고, 고향집도 아프다는 것을 알게 됐다. 거실 쪽에서 물이 샌다는 것이다. 나는 밤 아홉시 즈음 그 소식을 들었다. 어머니는 내가 걱정할까 봐 말을 하지 않았던 것이다.

*

집이 나를 부른다. 나는 작은아버지께 수도계량기를 잠가 달라고 전화를 했다. 친가가 지척 간에 산다는 것은 얼마나 좋은 일인가! 나는 허리복대를 하고 세 시간 넘게 차를 몰아 고향집에 당도했다. 거실을 보니까 흥건했다. 물기를 대충 닦아내고 만능수리공에게 전화를 했다. 보일러 거실로 들어가는 호스가 얼었고, 얼었다가 녹았는데 그것이 터진 것 같다고 했다. 또 한 가지는, 쥐가 호스를 갉아놓았을 수도 있어서 거실로 들어가는 수로를 막자고 했다. 나는 그러라고 했다. 싱크대 쪽의 수도 파이프가 터졌다면 큰 공사를 했을 것인데, 다행히 작은 일로 마무리되었다.

　어머니의 손톱과 발톱을 공들여 깎아드리고, 나는 차창 유리에 낀 성에꽃을 지우면서 서울로 돌아왔다. 내일모레가 내 생일, 봄눈이 또 붐빌 것만 같다. 아참, 황색 신호등에 교차로를 지나갔는데 신호위반범칙금 통지서가 날아오지 않았으면 좋겠다.

침
鍼

물고기처럼 허리가 휘었다. 말하자면 두 달 전에 당한 교통사고 후유증이 찾아온 것이다. 셋째누나의 아들 결혼식이 있어 어머니를 고향에서 모셔오는 길, 오산IC 상습정체구간에서 비상깜빡이를 켜고 정차 중이었는데, 뒤에서 속도를 줄이지 못한 차가 들이받았다. 우리는 앞차를 또 들이받고, "아이고!" 비명 소리가 먼저 나왔다. 뒷좌석의 어머니가 괜찮은지 확인하고서야 차에서 내렸다. 사진을 찍고 있으니, 가해 차량 운전자가 나와 백 퍼센트 자기 잘못이라고 사과를 했다. 바로 보험 처리를 하고, 망가진 차를 정비소로 실려 보내고, 렌터카를 몰고 서울 집에 도착했다. 놀란 마음도 다스리지 못한 채로 잠을 자고 나니까, 온몸이 쑤시고 아팠다. 그렇게 한 달 반을 물리치료를 받았지만, 어머니는 서울 생활이 맞지 않아 자꾸 시골집에 가길 원했다. 나는 그런 어머니의 마음이 안타까워 치료를 다 마치지 못하고 보험사와 합의를 해주었다.

운전대를 잡는 것이 겁이 났지만 그렇게 어머니를 모시고 진안으로 내려갔는데, 아뿔싸, 허리가 휘었다. 고약하게도 그림자마저 휘었다. 나는 뭔가 혼란스러웠다. '그래, 어머니보다 내가 아픈 게 더 낫지. 나는 젊으니까.' 나는 차를 몰고 긴급처방을 받기 위해 임실읍의 한 정형외과에 들러 물리치료와 복대와 약 처방을 받았다.

서울에 와서 다시 석 달 동안 한의원엘 다녔다. 침을 맞았다. "평소 예민하고, 어깨 잘 뭉치고, 발목을 보니까 복사뼈 뼛조각이 떨어져 나갔네요?" "네. 맞아요."

한의사는 나보다 나를 더 잘 알고 있었다. 다행스럽게도 나는 침을 맞으며 다시 곧은 그림자를 갖게 되었다. 침은 긴장을 완화시키고, 영혼을 점검케 하는 효과가 있나 보다. 침은 혈자리와의 인연이 있어야 그 효력을 발휘한다고 했다. 특히 소의 위나 양의 위에서 나온 쇳조각으로 만든 절통침은 본래의 힘을 되찾아 주면서 아름다운 이야기를 들려준다고 했다. 이건 놀랄 만한 사건이자 신묘한 경험이었다.

나는 침을 맞고 돌아온 밤이면 말도 꺼내지 않았고 오히려 듣는 사람이 되었다. 몸속의 이야기가 깨어있게 하려고 나는 노트북 자판을 두드리기 시작했다. 사과 속에 사는 연어 이야기. 세상 모든 사과나무의 사과꽃이 막무가내로 피고, 서쪽 하늘에 연어새끼들이 몰려오는 순간 피하고, 숨고, 도망가는 것이 아니라, 사과꽃엔 숨을 데가 없지만 숨는 이야기. 본능적으로 사과꽃에 뛰어든 연어 이야기. 이보다 더 현기증 나는 이야기를 나는 여태껏 본 적이 없었다.

오직 한 번만 쓸 수 있는 이야기를 가진 침, 풀에 대한 이야기도 있었다. 풀은 밤에만 자라고, 뜯기면서도 자라고, 또 엉큼하게 겁나는 생각을 몸에 붙여주고. 그런데 소에 대한 이야기를 듣다 보면 슬퍼진다. 새끼를 잃고 홀로 늙어가는 것에 대한 두려움과 외따로움, 해가 막 지려는 순간마다 아무 데나 싸지르는, 똥오줌 갈기는 소리. 그것이 이곳의 아름다움 중 하나였다.

침이 가진 이야기들이 내 몸에 책을 쓰고 있다고 생각하는 밤, 조금씩 내가 상상한 것들과 접목되면서 나는 내가 누구인지, 동시에 내가 왜 여러 곳에 존재할 수 있는지를 질문했다. 쓸모없는 이야기 속에는 세상을 보는 통찰력이 숨겨져 있었다. 그렇지 않은가.

나를 위로해 주는 것들

풀피리, 버들피리

남쪽 화엄사 흑매화 피는 속도와 함께 봄빛이 올라온다. 나무 껍질에서 나와 골짜기 안쪽으로 들어가는 봄빛도 있고 땅거죽에서 나와 골짜기 바깥으로 흐르는 봄빛도 있다. 하여간 그 봄 빛은 논두렁 밑에서 곤히 잠들어 있는 초록을 흔들어 깨운다. 얼음이 녹고 물줄기 풀리는 소리가 번성한다. 아니, 번짐이라고 해야 할까, 번창이라고 해야 할까. 여하튼 비슷한 말이겠지만 봄밤이 깊어질수록 생명 가진 것이 움튼다.

버들강아지는 서두르지 않아도 봄기운을 먼저 밀어 올린다. 그런 봄의 들녘을 걸으며 나는 집으로 간다. 다랑이 길을 걸으면서 신발에 달라붙는 진흙과 함께 무엇인가 아름다운 것이 없는지를 생각한다. 왜 나는 이 삶이 좋지도 나쁘지도 않고 그냥 맹한 걸까. 쓸데없는 생각을 하면서 위대한 것 하나 없는 집으로 간다.

문득, 눈에 들어온 것은 물오른 버드나무 가지였다. 커터 칼로 한 뼘 되는 가지를 하나 잘랐다. 그것을 좌우로 돌리고 돌려 껍질만 그대로 벗겨냈다. 검지만 한 피리를 만들어 불어본다. 아랫입술과 윗입술을 지그시 물고 피리를 불었다. 덩달아 개구리 울음소리가 논두렁에서 저 논두렁까지 넌출넌출 뻗어나갔다. 그 버들피리의 음계를 따라가면 되바라진 소년을 만날 수 있을 것이다.

나는 개구리나 뱀을 잡으며 친구들과 놀곤 했다. 뱀을 좀처럼 무서워하지 않았다. 화사나 능사와 독사를 가지고 놀았다. 뱀은 사람을 만나면 대가리를 곧추세우며 덤벼든다. 하지만 나는 그 뱀의 덤빔을 쉽게 허물었다. 뱀의 머리를 발로 누르고, 엄지와 검지로 입을 벌리지 못하도록 집어서 양파 망에 담아오곤 하였다. 가끔 땅꾼이 동네로 오면 그것을 팔아서 군것질을 하기도 했다.

모내기철엔 찔레꽃이 활짝 핀다. 숨 가쁘게 바쁜 논길을 꽃길로 마구 바꿔놓는다. 그 향기에 젖어있으면 코가 저절로 뚫린다. 그런 와중에 심심하면 찔레 순을 꺾어 먹기도 했다.

오래 씹으면 쓴 것도 달아졌다. 하지만 내가 가장 좋아했던 것은 어머니가 새참 내온 나물반찬들과 몰래 먹은 막걸리 한 잔이다. 새참을 내어오면 우리 집 식구들만 먹지 않았다. 다랑이 논과 논 사이에서 일하는 사람까지 불러와서 새참을 나눠 먹었다.

내가 잘하는 일은 땜모 심는 것이었다. 새벽부터 이앙기로 모를 심고 나면, 저녁 어스름이 밀려오기 전까지 땜모를 심었다. 모를 한 주먹씩 들고 구석구석을 때웠다. 어스름이 다 깔렸을 때는 물 고인 논으로 몰려드는 물방개의 날갯짓 소리가 귓가에 스치는 게 좋았다. 잠시 쉬면서 얼굴과 팔다리에 묻은 진흙을 만져봤다. 이유 없이 풀을 뜯었고, 어쩌다 입술에 끼워 제멋대로 피리를 불었다. 봄날이 영영 저물 것 같지 않았다. 농사일은 늘 억셌다. 이유 없이 휘파람을 불거나 풀피리를 불면 아버지는 나를 꾸짖었다. 뱀이 나온다고 했다. 집으로 뱀이 찾아온다고 했다. 그건 하나의 미신이라는 것을 알고 있었지만 사방이 금세 어두워지는 들녘에선 지레 그 말이 무서웠다.

무덤에서 나오는 불빛이 진짜 도깨비인 줄 알고 집으로 뛰어가던 시절이 있었다. 비포장도로에 버스가 지나가기라도 하면 먼지가 뿌옇게 날아오르곤 했다. 마을 입구에서 버스가 정차하고 낯선 사람이 산으로 들어가는 게 보였다. 산으로 들어가는 사람은 젊은 여자였으나, 이방인이라 뉘 집 자식인지는 알지 못했다. 그렇게 초여름이 오는 동안, 나는 아버지가 뱀을 잡아 황소에게 먹이는 것을 봤다. 우리 집은 그때까지 황소로 써레질을 했고, 산비알 밭을 쟁기로 갈아야만 했다. 우리 집 황소는 화사를 잘도 받아먹었다. 사실은 잘 받아먹은 게 아니었다. 아버지는 억지로 소의 입을 벌리고 코뚜레를 잡아 뱀을 집어넣었다. 그때 황소는 이빨로 뱀을 짓이기면서 목구멍으로 밀어 넣었다. 그날 저녁 나는 풀피리를 불었다. 그런데 정말 뒤란 돌담에서 뱀이 기어 나오고, 허물을 벗고 있는 게 보였다. 달이 점점 차오르는 밤이었다.

그렇게 철없는 소년이 가지고 놀았던 풀피리를 잊고 살았다. 모내기철과 찔레꽃을 잊고 살았다. 그러나 어느 순간 풀피리의 기억이 새 봄빛같이 되살아났다. 그렇게 한 편의 시가 저절로 나왔다. 산행을 하면서도 풀잎을 뜯어 풀피리를 불어보면, 그 서럽게 빛나던 음이 나오지 않았다. 그렇게 서른이 지나갔다. 아버지가 농사일하다 쓰러진 봄날이 지나갔다. 우연히 버들피리를 만들어 불어봤다. 버들피리는 집으로 가는 어스름과 함께 나를 앞세웠다. 나를 쫓아왔던 두통은 금세 사라졌다. 흙냄새, 풀냄새, 생명들과 감응했던 일들이 〈풀피리〉(《아흔아홉개의 빛을 가진》)란 시로 되살아났다.

차갑고 푸른 버드나무 껍질을 벗겨서 만든 심심한 피리도 좋지만 그것보다 나는 대책도 없이 그냥 논두렁에 앉아 저녁을 불어제끼는 풀피리가 좋았다

하지만 풀피리 속으로 들어간 물비늘과 희고 푸르고 선명한 뱀눈나비의 알과 꾀죄죄하게 꼬리가 노랗게 빛나는 까치독사의 춤을 끄집어내서는 안 된다

풀피리 부는 남자는 다름 아닌 이방인, 찔레꽃 그늘 붉게 흐트러지고 낮에 내온 새참 바구니의 밥알들, 나물 반찬들 쉬어터지고, 막걸리 병에 뜬 무기력증이 터질 듯하게 부풀고 있는데

풀피리 소리는 이 논두렁에서 저 산모롱이 길로 건너간다 산중턱의 외딴 절집으로 간다 들길을 훤히 알고 있는 어스름과 함께 간다 풀피리를 따라간 가뭄과 홍수도 있다

뿔뿔이 흩어져 있던 물방개들이 더러운 진흙 냄새를 쫓아 논물로 모여드는데 죄를 벗어버린 허물에서 나온 허름한 여자가 저 풀피리의 둥글고 따뜻한 음계의 구멍

속으로 들어간다

　모질고 독하게 생긴 풀잎을 뜯어 아랫입술과 윗입술
에 끼워 바람을 불어넣으면 서럽게 빛나는 음악이 흘러
나온다 그 음악을 쫓아 나온 뱀을 잡아 아버지는 황소에
게 먹이고 여름을 날 준비를 했다

—〈풀피리〉 전문

나를 위로해 주는 것들

사슴벌레의 마술

미루나무길, 완행버스가 비포장 길을 구불구불하게 지나가면 흙먼지도 공중제비를 돌았다. 나는 버스꽁무니를 쫓아가면서 먼지를 뒤집어쓰며 놀았다. 버스가 사람을 태우려고 멈출 때, 백미러 몰래 버스 뒷범퍼에 앉아 그 길을 함께 달렸다. 그렇게 집으로 가다가 뒷범퍼에 떨어져 나온 오후. 어젯저녁, 물고기 통발을 던진 게 생각이 났고, 나는 바로 냇가 쪽으로 걸었다. 물고기 통발을 매달아 놓은 줄을 건져 올렸다. 기대했던 메기는 없고 피라미 몇 마리만 건져왔다. 출렁거리는 양동이를 들고 집으로 가야 하는데, 미루나무 사잇길로 나는 샜던 것이다. 사슴벌레를 뿌리치고 가야 하는데, 나는 그러지 못했다. 사슴벌레에 홀린 마음이 집에 가고 싶은 몸을 미루나무에 붙들어 맸던 것이다.

"갈 거야? 말 거야?" 친구는 언제 집에 갈 거냐고 자꾸만 보챘다. 나는 친구에게 피라미를 모두 주면서 먼저 가라고 했다. 그러다가 나는 엉뚱하게도 미루나무 길로 빠졌다. 미루나무에 붙어있는 사슴벌레를 잡아 빈 양동이에 담았다. 미루나무 아무 데나 붙어있는 사슴벌레, 뿔을 오므리면 찔리기도 하지만 큰 턱에 물렸을 땐 엄지손톱에선 피가 났다. 피가 났지만 나는 좋았다.

사슴벌레 한 마리만 잡는다는 것이 양동이 가득 채웠다. 서로 붙어있으니까 죽은 척하거나 달아나려고 등껍질 속의 날개를 펴려고 했다. 그때마다 나는 양동이를 돌리면서 자갈돌 밟으면서 저녁 이내 어두워지는 것도 모르면서 집으로 왔다. 사과궤짝에 사슴벌레들을 옮겨 담아 마루 한쪽에 두었다. 어떤 것은 깨질 것 같은데 매끄럽고, 어떤 것은 깨진 것 같은데 반들반들했다.

사과궤짝에도 어둠이 내리고 나는 나무를 딱딱 긁는 소리를 들으면서 잠에 들었다. 어제까진 있었는데 아침에 일어나 보니 사과궤짝엔 아무것도 없었다. 어디 빠져 놀 데가 없어 나를 찾아와 준 사슴벌레, 그 푸른 눈동자를 가지고 싶었는지도

모른다. 나는 오랫동안 사슴벌레랑 놀고 싶었는데 달아날 줄
은 진짜 생각하지 못했다.

　여름이 가고 가을이 왔지만 나는 아무것도 보이지 않는
미루나무의 구멍을 자꾸 쳐다보게 된다. 거기 날개 털기를 좋
아하는 사슴벌레가 있으면 좋으련만. 장수하늘소와 장수풍뎅
이가 먼저 와있지 않은가. 그러나 나는 그것들에겐 관심이 없
었다. 갖고 싶은 것은 없고 싫어하는 것만 있었다. 나는 미루나
무길이 끝난 곳까지 걸었다. 한걸음 더 나아가면 저녁이라는
사슴벌레 한 마리, 으리으리하게 서있을 것만 같아서. 식구도
아닌데 종잡을 수 없는 기쁨을 줄 것만 같아서.

내가

2.

사랑하는

것들

드러내다와
드러나다

그러니까 아카시아 꽃의 환함을 일러주는 것은 흰빛이 아닌 벌 떼의 울음소리였다. 아카시아 줄기 하나가 땅에 닿을 듯 말 듯했다. 앙앙 빛나다가 부서질 것만 같은 저 벌집, 분봉 나온 여왕벌과 일벌들이 새까맣게 뭉쳐져 있었던 것이다. 회오리문양 같았고 작은 곰의 얼굴 같기도 했다.

그 벌집은 삼 일만 머무는 희한한 습성을 가지고 있다. 그러니까 삼 일이 지나면, 그 벌집은 백 년 된 소나무와 절벽 속으로 들어가 새 삶을 꾸릴 것이다. 새 몸이 나오면 헌 몸이 자연스럽게 사라지듯, 여왕벌에게도 세상이 따로 있는 것이 아니라 세상은 날개 끝에서 시작되는 것이라고 깨닫고 있었던

나를 위로해 주는 것들

것이다.

　밤이 되니까 저 벌 떼 소리가 더 쟁쟁한데 두 세계가 보인다. 하나는 흰빛의 명암이고 또 하나는 소리의 질서다. 삼 일 동안 저 양봉에서 떨어져 나온 벌 떼는 "우리는 지금 여기 머물고 있으니, 새집으로 옮겨달라"고 온몸으로 존재를 드러낸 것이다. 반면 나뭇가지는 공중이 아닌 땅 밑으로 휘어져 있는데, 그 휨의 끝에는 개미 떼가 엉겨 붙어 있었다. 희고 아름다운 아카시아나무의 팔꿈치에 붙은 새까만 세계가 드러난 것이다.

　다시 봐도 휘어진 것은 아름다웠다. 그 벌집을 다시 보게 된 것은 우연히 산을 타다가 절벽 밑에서 쉬고 있을 때였다. 떨어져 죽은 꿀벌들이 보였다. 고개를 쳐들어 위를 보니까 장수말벌이 "여기, 석청이 있다"고 아슬아슬한 절벽을 보여주고 있었다. 그러나 나는 이 절벽을 타지 않고 돌아왔다. 낭떠러지를 매달고 있는 돌이 내 머리 위로 떨어졌기 때문이다. 급기야 쓸데없이 벌집 쑤시는 일 따윈 하지 않기로 했던 아홉 살 마음이 생각났던 것이다.

보리수나무

시월, 보리수나무는 으레 있어왔던 것이지만 잔 구슬 같은 열매가 검붉게 익는 순간, 부리나케 달려드는 새가 있다. 소박하게 떫으면서 새콤한 열매, '파리똥' 때문인데, 실제로 파리똥을 닮았지만 파리똥이 가질 수 없는 아름다움을 지녔다. 이 보리수나무는 산에서 자라 키가 작지만 열매를 많이 매달고 있어 파리똥나무라고 불린다.

평생 산 가까이 붙어사는 부모님 덕에 나는 시각, 청각, 촉각, 미각, 그리고 후각으로 자연과 동식물을 이해하고 소통하며 사랑하는 마음을 갖게 된 것 같다. 자연이 나를 어떻게 움직이게 하는지……. 흥미로운 사실은 미각 하나가 어릴 적 삶의 일부가 되었던 저 보리수나무의 이미지를 불러왔다는 것이다. 나는 나날의 분주함 속에서 살았지만, 아직 완전히 지워지지 않았을 행복의 순간을 '파리똥'으로 구현했다. 그저 뇌리에 머물렀다가 사라진 것이 마주침인데, 나는 보리수나무가 뭐라고 이렇게 편애하는가.

시월, 산을 타는데 우연히 마주친 파리똥, 거의 어느 것 하나도 빠짐없이 나의 기억을 가만히 펼쳐놓는다. 막내누나와 우물에서 물 길어오면서 귀신 이야기에 호응하는 내가 있었고, 군불 때면서 재 속에 고구마를 파묻어 놓은 넷째누나가 있었고, 어머니가 파리똥 달린 나뭇가지를 베어 바구니에 담아 돌아오는 초저녁이 있었다.

이 풍경은 일상적 정경이지만 파리똥이 나의 존재를 가만히 내다보게 해준다. 나는 생각하는 사람이 홀연히 어떤 대상을 응시하고 의미 있는 어떤 순간을 포착할 때, 아름다운 인간이 된다고 믿는다. 보리수나무는 나무로만 머물지 않는다. 과거를 잊지 않되 현실에 몸담을 수 있으며 앞으로 해야 할 삶의 일이 무엇인지 고찰하게 해준다. 끝없는 일상에 대한 기억을 미각으로 말하기. 저 보리수나무는 어디에나 있겠지만 그 어디에도 물돌 같은 파리똥은 없을 것이다.

나의 근대
— 옛날 옛적에

나의 고향 진안의 밤은 사방이 깜깜하다. 게다가 산길을 걷든 들길을 걷든 도로를 걷든 난데없이 시꺼멓게 생긴 산짐승들이 튀어나온다. 주위를 둘러보면 산, 풀과 나무와 돌과 새와 산짐 승 들이 가득한 그런 골짜기에서 나는 태어났다. 그리고 구불 구불 흘러가는 물의 길이랄까, 먼지 날리는 흙길을 걸어서 초 등학교를 다녔다.

그 깜깜한 진안의 가장 구석진 곳에 자리 잡은 우리 집은 흙집이었다. 어머니는 그걸 '옴팍집'이라고 불렀다. '옴팍집' 뒤 란에는 장독대와 우물과 으름나무와 반시감나무와 푸른 대밭 이 있었고, 가끔은 그 풍경 어디쯤에 버려진 TV가 나뒹굴고 있었다. 그러니까 우리 집엔 언제나 고장 난 TV만이 나뒹굴고 있었던 것이다. 방 안에도 TV가 하나 있긴 했지만 그것 또한 전파가 잡히지 않았으니 말이다.

간만에 비가 그친 어느 날의 일이다. 친구들이 우리 집에 놀러와 딱지와 구슬치기를 하다가 만화를 보기 위해 TV를 켰는데 화면이 직직 끓었다. 비가 많이 내려 안테나에 이상이 생긴 모양이었다. 친구가 뒤란에 있는 안테나를 돌리고, 나는 화면이 잡히는지 알려주려고 서로 고함을 치듯 대화를 나누며 힘겹게 끊어졌다 이어지는 만화를 봤던 기억이 난다. 그런데 내가 살던 마을의 다른 집들도 사정이 비슷비슷해서 KBS나 MBC 둘 중 하나의 채널만 잘 나와도 그 집의 저녁 이후는 행복했다. 이 일화를 계기로 우리 집에도 새 컬러TV가 생겼다. 때마침 아버지의 생신이기도 했고, 아마 어린 나의 만화를 위한 '악전고투'를 목격한 부모님 마음에 이미 출가해 자리를 잡고 있는 형 누나들에게 '막둥이' 얘길 꺼내지 않을 수 없었으리라 생각된다.

친구 집에서 TV를 보고 돌아오는 초저녁 길을 늘 두려워서 줄행랑치듯이 달려오던 나에게 새로 생긴 컬러TV 소식은 얼마나 기쁜 것이었는지 모른다. 안테나는 뒤란에서 가장 전망 좋은 곳에 아주 높이 세워졌고, 우리 집 TV 화면은 정말 깨끗했다. 어쩌면 그때 내가 느낀 화면의 깨끗함이란, 지금의 HD고화질 방송 화면도 재현해 낼 수 없을 그런 감동을 함께 갖춘 것이었다.

자, 이제 어린 내가 그토록 두려워했던 초저녁의 도깨비 불빛마저 뚫고 친구 집을 오가게 만든 그 만화 이야기를 해볼까 한다. 그것은 다름 아닌, 〈배추도사 무도사의 옛날 옛적에〉이다. 〈요술부채와 소금〉, 〈우렁이 색시〉, 〈호랑이의 효도〉, 〈토끼의 명재판〉, 〈천년여우〉, 〈임금님 귀는 당나귀 귀〉, 〈백일홍전설〉, 〈세 가지 보물〉 등 전래동화부터 설화와 민담까지 한국적인 정서가 깃든 작품들이었다. 만화는 책보다 좀 더 생생했고 좀 더 코끝이 찡했다. 그래서 나는 그 이야기 속으로 자꾸만 빠져 들어갔다. 친구 집을 오가는 길에도 "옛날하고, 아주 먼 옛날 호랑이 담배 피던 시절에"라고 저절로 흥얼거리게 되는 노랫말을 좋아했다. 그런데 나를 그렇게 즐겁게 해주던 〈배추도사 무도사의 옛날 옛적에〉가 막을 내렸고 나는 모든 것에 흥미를 잃어버린 듯했다.

그러던 어느 주말에 나는 〈전국노래자랑〉을 보고 있었고, 교회에 갈 준비를 하고 있었다. 그때 눈에 들어온 것이 〈은비까비의 옛날 옛적에〉였다. 얼마나 반갑던지 아직도 그 순간을 잊을 수 없다. 일요일 오후 두시에 청소년 예배가 있었는데, 나는 〈옛날 옛적에〉를 보고 교회에 가기 위해, 원래 마을회관에서 형 동생들과 함께 모여서 가기로 한 것을 취소하고 자전거를 이용했다. 걸어서 십 분 거리의 교회는 자전거로 이 분이 채 걸리지 않았다. 그때 내 이마와 머리칼을 스치던 바람의 촉감을 나는 또렷이 기억한다.

나는 그런 이야기가 마냥 좋았다. 뭐랄까, 외할머니께서 해주신 이야기들이 눈앞에 펼쳐져 있는 것만 같았다.

어머니는 마흔세 살에 나를 낳았다. 농사일로 바빴던 부모님 때문에 나는 네 살이 될 때까지 외할머니 손에서 자랐다. 그 당시 많은 집들이 연탄보일러를 사용하고 있었겠지만 우리 집은 아궁이에 군불을 지펴야 했다. 그래서 나의 퉁퉁하고 아름다운 어머니는 나무를 하려고 앞산에 가있을 때가 많았는데, 그럴 때면 할머니는 앞산에 개미처럼 조그맣게 가서 박힌 어머니를 향해 손짓하며 꼭 가까이 있는 것처럼 "에미야, 울 애기 젖 줘라!" 하고 외쳐 부르곤 했다. 하지만 어머니는 오랫동안 기다려도 오지 않았고 나는 할머니의 빈 젖을 물고 울다 말다 했다. 그때 할머니가 해주시는 "옛날 옛적에 말이여"로 시작되는 뭔지 모를 아득한 세계에 빠져들었고, 어머니가 오기 전에 울음을 그쳤다.

나는 나를 달래주던 할머니의 빈 젖을 아직도 꼭 그만큼 사랑한다. 그 땀에 젖어 시큼한 빈 젖은 그 누구도 아닌 나의 것이다. 그렇다. 〈옛날 옛적에〉도 마찬가지다. 그 시절, 나는 이야기 자체가 아니라 어쩌면 '삶'의 소중함이 조용하게 반짝이는 시간에 젖어있었는지 모르겠다.

내 또래 작가들에 비해 나의 정서는 그야말로 '옛날 옛적' 스럽다. 그리고 그게 아니라고 한다면, 나는 진심으로 바라건대 그 옛날 옛적의 한 시대를 닮고 싶었다. 말하자면, 이것이 나의 근대다.

나를 위로해 주는 것들

식구

우리 집은 칡소 두 마리를 길렀다. 칡꽃같이 검은 벼락무늬가 있어 칡소라고 불렀다. 칡소는 논밭을 오가면서 쟁기질과 써레질을 하였다. 나는 일만 부리는 아버지가 조금 미웠다.

"편히 쉬게 해주지!"

나는 늙은 호박이 나올 때마다 그것을 칼로 뻐져서 칡소에게 먹였다. 칡소가 호박을 씹어 먹는 동안, 나는 소 목덜미나 옆구리에 붙은 진드기를 떼어주었다. 그런데 칡소가 아닌 아버지가 아파서 한동안 병원 신세를 지게 되었다. 칡소는 일하지 않고 한 해를 외양간에서 지냈다. 아버지는 집으로 돌아와서 칡소를 살펴보았다.

"살이 너무 붙었네. 큰일 났네. 하루 두 끼만 줘야겠어!"

더 살찌면 일소로 쓰이지 못하기 때문에 사료도 줄이고 여물도 줄여나갔다. 그해 가을 마늘을 놓기 위해 칡소에게 멍에를 씌우고 쟁기로 가을밭을 갈았다. 한 마지기를 너끈하게 갈고, 칡소는 거품을 물었다. 힘 한번 못 쓰고, 혼곤하게 숨만 내쉬는 것이다.

다음 날 아침 칡소는 여물을 먹지 않았다. 물도 그대로였다. 칡소는 외양간 바닥에 주저앉아 일어나지 못했다. 아버지는 수의사를 불렀고, 영양주사를 놓아주고 갔다. 그러나 소는 되새김질만 할 뿐 그림자와 함께 일어설 기미를 보이지 않았다. 아버지는 서까래에 올리다 만 통기둥 두 개를 가져왔다. 칡소가 일어서면 소 앞다리와 뒷다리에 끼워둘 생각이었다. 한 달 동안 칡소가 일어서지 못하자, 아버지는 칡소가 죽을까 봐 전전긍긍했다. 급기야 민간요법을 사용했다. 칡소에게 뱀을 잡아서 먹였고, 굼벵이도 먹였고, 땅벌집을 삶아 먹였지만 소용이 없었다.

어느 날 이웃집 아저씨가 왔다. 자기네 황소도 저렇게 힘을 못 썼는데, 허파에서 바람을 빼주니까 황소가 놀라서 벌떡 일어났다는 것이었다. 이웃집 아저씨는 장침을 가져와 소꼬리를 장침으로 꾹, 찔렀다. 피가 나왔다. 칡소는 움찔했다. 장침은 허파 쪽으로 길게 들어갔다. 두 개의 침을 비근하게 놓았다.

나를 위로해 주는 것들

칡소가 벌떡 일어났다. 아버지와 나는 통기둥을 사타구니 쪽에 끼워서 이틀 밤을 서서 자게 했다. 훗날 안 이야기지만 칡소는 무릎을 구부리면서 앉고 자야 하지만 소똥과 오줌이 바닥에 많으면 서서 잔다고 했다. 아버지가 병원에 입원하시고 외양간을 치워줄 사람이 없자 칡소가 서서 자다가 그만 미끄러져 무르팍에 금이 갔나 보다. 그 금 간 뒷다리로는 힘을 쓰지 못했던 것이다. 칡소는 굶주림은 참을 수 있어도 더러움과 눅눅함은 참을 수 없는 짐승이었던 것이다.

　그날 이후 나는 칡소를 위해 볏짚을 매일매일 깔아주었고, 참나무를 켜는 나무목공소에서 톱밥을 얻어 와서 잠자리를 깔아주었다. 칡소 눈알에 비친 피로와 잔주름의 아버지는 본인보다 칡소가 더 중요하다고 말하는 것만 같았다. 칡소를 지키기 위해 애쓴 마음이 효자손을 가져왔다. 소의 이마와 등허리를 슥슥 긁어주었다. 칡소가 죽으면 기꺼이 장례를 치러줄 것이라고 말하는 아버지, 칡소가 혀로 낯을 핥아도 가만히 있었다. 칡소가 제 친근한 마음을 혓자국으로 말하는 것을 아버지는 가만히 듣고 있는 것이다. 문득 김종삼 시인의 〈묵화〉란 시가 떠올랐다. 서로가 눈만 끔뻑끔뻑 감았다 떠도 어떤 위로의 말을 하는지 아버지와 칡소는 안다. 칡소는 우리 집의 식구였으니까.

소리와 한 모금

앞마당에 누룩 냄새가 꽃폈다. 썩은 것 같기도 한데 누렇게 빛이 떠야 술이 잘 괴어 오른다고 했다. 소곡주를 빚으면 집에 행사가 있다는 뜻이다. 할아버지 제사나 아버지 생신이 코앞이면 어머니는 가마솥에 시루를 걸어놓고 찹쌀 고두밥을 쪘다. 나는 아버지를 따라 뒷산에 가서 올해 난 소나무 가지를 베어왔다. 솔잎을 따 바구니에 담아놓는 일은 하기 싫었지만 그걸할 사람은 나밖에 없었다.

찹쌀이 증기로 쪄지면 냄새가 기가 막혔다. 어머니는 그 뜨거운 것을 아무렇지도 않게 손으로 집어 맛을 보았고, 주걱으로 뒤적거리며 바람을 쐬게 하고, 수증기가 사라질 즈음 고

두밥에 솔잎과 누룩을 섞었다. 술항아리를 가져와 그 섞인 것을 담아 안방으로 옮겼다. 판자 위에 술항아리를 올려두고 물을 붓고 금복주 한 병을 부었다.

"그걸 왜 부어요?"

"마중술이야, 누룩과 쌀과 솔잎이 골골 패라고 부었다."

"아니, 깡패도 아닌데 뭘 패요?"

"패다라는 말은 밥풀이 삭아 달아지는 거란다. 가서 새끼줄 가져오너라!"

술항아리 입구를 두꺼운 한지로 막은 어머니는 새끼줄로 묶고, 다시 두꺼운 솜이불을 덮어주었다. 앞으로 보름이면 술이 괸다고, 괴는 소리를 잘 들어야 한다고 말했다.

괴는 소리는 거품이 이는 소리였다. 톡톡 터지는 술 향기가 한지를 뚫고 솜이불을 뚫고 나왔다. 술이 괴기 시작하자 이불을 걷었고 한지 한쪽을 열어두었다. 시월 말인데 날파리 떼가 어디서 날아왔는지 올망졸망했다.

보름이 지나고 어머니는 용수를 항아리에 꽂았다. 밑에서부터 순도 높은 술이 콸콸 올라왔다. 어머니는 소리만 듣고 술을 떠서 한 모금 마셨다.

"감주네, 딱 좋네! 저그 아버지, 여기 와서 술맛 좀 봐요."

아버지도 딱 한 모금, 목을 축였다.

"아이고, 저그매, 술 잘됐네."

아버지는 늑막염 수술로 갈비뼈를 도려낸 이후 술을 멀리했지만 딱 한 모금으로 일 년 치 술을 다 마신 것이다. 한 모금 술을 마셨지만 옆구리 상처가 간지럽다고 아버지는 그날 밤잠을 설치셨다.

소곡주는 '소리와 한 모금'의 감각으로 빚어진 우리 집의 밀주였다. 사위 여섯 명이 아버지 생신 전날 저녁에 모였는데, 소곡주 때문에 모두 술꾼이라는 것을 알게 됐다. 날 새기 직전 아버지가 고함을 질렀다.

"야, 이놈들아, 논일 하려면 한숨 자야지!"

아버지 생신날, 매형들은 모두 논으로 나가서 탈곡된 가마니를 날랐다. 나는야 술 심부름꾼. 여섯 개의 그림자가 술에 취했는지 가마니가 무거웠는지 어칠비칠했다. 발자국은 신작로 입구까지만 휘청거렸다.

나를 위로해 주는 것들

쐐골과
물그릇
이야기

장맛비가 시작되었다. 황새편 논의 물꼬를 트고 돌아온 아버지가 우비를 벗고 겉옷을 벗었는데 쐐골이 깊었다. 쐐골엔 물빛이 고여 찰랑거렸다.

"아이고, 어쩜 좋아, 좁쌀 한 되 들어가겠네!"

"아이고, 진짜네. 피라미 두 마리 넣어둬도 살겠네."

어머니와 나는 측은한 마음을 아버지께 내보이기 싫어 농을 쳤다.

마른 수건으로 얼굴을 닦고 머리를 닦고 쐐골을 닦은 아버지가 말했다.

"수건 하나 더 가져와라, 물그릇이 두어 개 더 생겼구나."

어머니는 올해까지만 논농사를 짓자고 했고 아버지는 몸을 써야 오래 산다고 입씨름을 했다.

　어떤 '농'은 무릎을 탁, 치게 '앎'도 주지만, 어떤 '농'은 죽음을 앞둔 사람에게 '공포'를 준다. 아버지의 죽음은 직방(심장마비)으로 왔다. 아버지, 눈 감고 계실 때 한복으로 옷을 갈아입히는데 쇄골이 가장 맑았다. 너무 깊어 아홉 자식의 눈물을 모아 쏟아부어도 다 채워지지 않을 것만 같았다.

나를 위로해 주는 것들

재

— 혼나는 것은 끝이 없구나

'음력 11월 27일'

아버지의 기일이다. 아버지는 재가 된 사람이다. 아버지는 땅에 묻히길 바랐지만 나는 아버지를 화장했다. 그렇다. 나는 청개구리과(科)에 가깝다. 나는 아버지를 좋아하였고, 깨방정을 자주 떨었다. 혼나고 나서도 언제 그랬냐는 듯 또 깨방정을 떨었다. 나는 아홉 번째 자식으로 태어나서 그런지 무서운 것이 별로 없었다. 초등학교 3학년 때의 일이다. 성적 통지표를 가져온 날, 나는 혼날까 봐 벌벌 떨고 있었다.

"수학 백 점이네. 우리 아들 공부 잘하네. ……아뿔싸, 국어 시험은 칠십 점인데, 공부를 잘한다니!"

그날 이후, 아버지는 도축업자에게 돼지를 팔 때마다 나를 데리고 다녔다. 내게 주어진 일은 킬로그램을 근수로 바꾸는 일이었다.

"한 근-육백 그램이다." 이 말만 되뇌며 돼지 열 마리 값을 계산기보다 더 빠르게 계산을 했던 것이다. 그날도 칭찬을 받았고, 도축업자 아저씨에게 용돈까지 받았다. 그리고 그날 저녁 나는 군불을 땠다. 칡소에게 줄 쇠죽을 끓였다. 시키지도 않은 일을 내가 한 것이었다. 마른 솔잎가지는 최고의 불쏘시개였다. 성냥을 그어 불을 지피면 연기와 함께 활활 타올랐다. 연기가 코로 들어가고 눈으로 들어갔다. 눈을 뜰 수가 없었다. 가끔 불에 앞머리가 그슬렸지만 그슬린 줄도 모르고 불 앞에서 장작을 밀어 넣었다.

내가 군불 때는 걸 왜 좋아했는지 모르겠지만, 우리 집은 온돌방이라 불 아니면 겨울을 날 수가 없었다. 온돌이 윗목까지 달궈져야 아침까지 방바닥이 따사로운데, 느슨하게 달궈지면 새벽에 등이 추워져 저절로 눈이 떠진다.

나무에서 떨어져 나온 숯과 재로 할 수 있는 일은 두 가지다. 하나는 달걀을 은박지로 싸서 구워먹는 것과 다른 하나는 재 속에 고구마를 파묻어 두면 군고구마가 되는 것. 그래서 나는 나무에서 나온 온화한 재를 좋아하였다. 재는 그냥 버리지 않고 거름으로도 사용했다.

　한번은 가마솥이 너무 펄펄 끓어올라서 손잡이를 잡아 솥을 연다는 것이, 그만 손잡이를 놓치고 말았다. 그도 그럴 것이 손잡이가 너무 뜨거웠다. 나는 솥뚜껑 날에 오른쪽 다리가 베이고 말았다. 아팠고, 피가 많이 났지만, 아버지께 혼날까 봐 두려웠다. 하여 약도 바르지 않고 상처를 붕대로 감아두기 바빴다.

　아버지는 내가 다치거나 물건을 깨트리거나 할 때면 "이놈 자식! 오두방정 그만 떨라니까!" 하고 구박했다. 작고 깡마른 체구, 화가 나서 꿈틀거리는 눈썹과 높게 올라간 코, 부리부리한 눈동자는 그냥 무서움 그 자체였다. 말이 나오지 않았다. 그날도 돼지 팔아서 목돈 생겨 좋은 날인데 내 상처를 보면 아버지가 화를 낼 것이 분명했기에 나는 다쳤다고 말하지 않았다. 대신 군불을 쬐며 상처의 쓰라림을 달랬다.

　화장장에서 나온 아버지 유골함을 받았다. 군불과 나무 냄새가 났다. 처음엔 따스하였는데 계속해서 안고 있으니까 "앗, 뜨거!" 외마디 파열음이 저절로 나왔다. 옆에 있던 막내누나의 눈이 휘둥그레 나를 쳐다봤다.

　"누나! 아버지 유골함 깨트리지 않았어!"

　나는 손을 델 것 같았지만 아버지를 놓지 않았다. 내 손을 힘 있게 잡아주는 아버지가 곁에 있다고, 마지막까지 '혼날' 생각만 하고 있었나 보다.

"아, 혼나는 것은 끝이 없구나."

하염없이 어머니는 또 곡소리를 내면서, 아버지의 양생법 養生法을 자식들에게 알려주었다.

"너희 아버지는 위장이 약해서 상추도 삶아 드신 분이다."

나는 여러 번 혼나야 삶의 이치를 깨우칠 수 있었는데, 아버지가 없으니까 다리에 난 '솥뚜껑 상처'나 꾹꾹 눌러본다. 그러면 재가 된 아버지가 나와 저녁의 몸으로 서서 퉁명스럽게 말할 것만 같다.

"야, 이놈아. 상처엔 안티푸라민이 최고여!"

그날 밤, 나는 "부활할까 봐 방부 처리된 재", "아직 멸滅하지 않은 이민자의 몸이 희고 검은 잿빛"이 된 아버지를 만났지만, 다가갈 수가 없었다. '혼남'은 게으른 몸뚱이가 부지런을 떠는 갱생의 용기를 주는 말이다. 사랑하는 관계 속에서 발화되는 말이다. 가장 쉽고도 어려운 말이다. 나는 이제 누구에게 혼나야 하나.

노간주나무의 쓸모

노간주나무로 크리스마스트리를 만들기도 하고, 정월대보름에 달집*의 기둥으로 세우기도 했다. 노간주나무는 곧게 자란다. 한겨울에도 초록이다. 노간주나무는 뾰족한 목소리를 가졌을까. 점점 두꺼워지는 나무껍질. 지붕을 내려앉히는 폭설이 와도 노간주나무만은 꺾이지 않는다. 아버지는 노간주나무를 사랑했다. 노간주나무만은 함부로 베지 않았다. 소를 키우는 사람은 노간주나무를 곁에 두고 살아야 한다고 했다.

송아지가 중소로 넘어갈 무렵, 뿔도 제법 자랐지만 코뚜레를 달고 있지 않았다. 아버지는 노간주나무로 꼬챙이를 깎았고 코뚜레를 만들어 놓았다. 아버지는 내게 목사리를 잡고 있으라고 했다. 코뚜레 뚫는 일은 일소가 되는 일이다. 방향 감각과 소의 힘을 통제하기 위한 의식이기도 하다. 코뚜레를 잘못 뚫으면 소가 피를 흘리면서 죽기도 한다고 했다.

코뚜레를 뚫기 전에 막걸리를 먹이며 고통을 잠시 잊도록 해주는 사람도 있지만 아버지는 코뼈와 코살 사이에 정확히 꼬챙이를 찔렀다. 발름발름 콧구멍이 숨을 뱉는지 노간주나무가 숨을 들이는 것인지 분간할 수가 없었다. 소가 울지도 않았다. 순식간에 코뚜레와 목사리가 한 몸이 됐다. 소는 찰랑찰랑 귀로 웃었다. 워낭소리였다. 코뚜레는 소의 혀가 쓰다듬을 때마다 매끄럽게 도드라졌다. 노간주나무는 아무 데나, 아무 데서나 잘 자라지만 소가 없다면 그 쓸모를 알지 못할 것이다.

들녘을 저벅저벅 걸었을 아버지는 죽은 지 벌써 다섯 해가 지나가는데, 집으로 돌아와 묻는다. "집이 너무 춥구나! 작년에 깎아둔 코뚜레를 출입문 천장 밑에 걸어둬야겠다!"

---

* 대보름날 저녁에 달맞이할 때, 불을 질러 밝게 하려고 생生소나무 가지 따위를 묶어 쌓아 올린 무더기.

기억하는가, 남원목기! 서른일곱 개의 나무그릇을. 수없이 지내왔을 제사와 시제 음식을.

부엌이 가장 음악적인 공간이 될 때, 엿기름으로 감주를 빚고, 미리 가마솥엔 돼지고기와 닭이 삶아지고, 문어탕국과 소고기무국을 끓이고, 어머니 곁에서 나는 산적을 꿰어주고, 어머니는 동태와 홍어로 전을 부치고, 시루떡은 오후 즈음 쪄내고, 배와 사과와 감은 총총 수돗물에 씻어두고, 지상의 모든 음들이 부엌에 모여, 하모니를 이룬 것 같았다.

아버지는 밤을 칼로 치면서 차고 흰 반짝임의 노래를 들려줬다. 밤을 깎지 않고 왜 밤을 치는지 알 수 없지만 놀라운 것은 그리 오랜 시간이 걸리지 않았다는 것이다.

제사를 위해, 남원목기를 꺼냈다. 목기를 닦는 것은 아버지의 일. 사흘 동안 내린 겨울비로 춥고 음산한 방, 일에 쫓겨 피폐한 몸을 위해 밤엔 잠을 자야 하지만 아버지는 맏아들로 태어난 죄로 목기를 닦는다. 이래저래 닦는 것처럼 보이지만 섬세하게, 그것도 옻광이 나도록 닦는다. 서두름도 없이 고단함을 지우면서, 목기 닦는 일이 값어치 있는 일이라고 믿으면서.

나는 목기를 닦으면서 제사상을 준비하는 사람이란 어떤 존재인가 생각했다. 아버지는 죽음이라는 타자와 자연스럽게 하나가 되는 세계를 목도하면서 죽은 자와 대화를 하는지도 모른다. "땅의 일들로 상처입기를 두려워하지 않으며, 순간 순간 죽음과 더불어 사는 영혼에게 생기는 비상한 에너지"*를 아주 인간적으로, 죽음을 미화하지 않고 나에게 그대로 보여주거나 볼 수 있는 기회를 준 것이다. 나는 목기와 음식과 제사 준비 과정을 통해 로르카의 두엔데duende가 지니고 있는 힘이 무엇인지 더 깊이 알게 되었다.

사람이 살아가는데 수많은 일 중에서 무엇 하나에 몰두하면 어떤 신비한 힘이 생긴다고 믿고 싶다. 죽음의 그림자를 곧잘 느꼈던 아버지, 십 년만 더 살면 여한이 없겠다고 했었다. 그 십 년하고 오 년을 더 살고 돌아가셨으니, 더 이상 목기를

나를 위로해 주는 것들

닦을 일이 없어졌다.

덤덤하게 나는 제사를 작은아버지께 모시라고 넘겨주었다. 하지만 남원목기만은 줄 수 없어, 종이상자에 담아 쟁여두었다. 문득 죽음을 길들여서 사는 방법에 대해 글을 쓰고 싶을 때마다 나는 목기 하나를 꺼내본다. 거기 어떤 영혼이 내 눈을 흐려지게 하는지. 목기는 그릇이기 전에 물푸레나무라는 것을 알기에.

* 정현종, 〈메아리의 시학-로르카 읽기〉, 《날아라 버스야》, 문학판, 2015, 258쪽.

107

2. 내가 사랑하는 것들

작두

내가 흠모하고 노래하고 싶은 것은 아버지의 작두. 그 작두는 윗날과 판을 가지고 있다. 작두는 종일 굶주려 있다. 볏짚이나 풀의 냄새로 제 허기를 달래고 있을지도 모른다. 작두는 나무의 향기와 언어를 날이 갈릴 때까지 배운다. 오랫동안 불속에서 구워져 나와 까맣기도 하고 서늘하기도 한 작두다. 엇갈린 잇몸이 하나로 받아주고 올려주고, 장맛비마저 잘 썰린다고 하여 붙여진 이름이 무쇠작두다.

첫 사내아이를 낳고 아내의 생리통이 심해졌다. 누군가 생리통을 치료하는 데 싸리나무 달인 물이 좋다고 일러주었다. 나는 아버지께 싸리나무를 베어 그늘에 말려두라고 부탁

드렸다. 싸리나무가 곶감 꼬챙이, 회초리, 사립문을 만드는 데에 쓰이는 줄만 알았지, 부인병에도 효과가 있는 줄은 미처 몰랐다.

아버지가 싸리나무 써는 것을 바라봤다. 작은 냄비에 잘 담기게끔 잘게 썰었다. 결과 향이 살아있도록 작두날을 켰다. 저 작두날 속으로 들어간 것들은 화선지도 있었고, 무도 있었고, 모과도 있었다. 가장 많이 들어가 썰린 것은 씨감자였다. 특히 설날엔 가래떡도 썰었고 고깃덩어리도 썰었다. 썰리지 않는 것은 쇠밖에 없었다. 나는 귀릿짚을 썰거나 콩짚을 썰 때, 작두날의 광휘에서 떨어져 나오는 소리가 좋았다. 작두에 썰리는 짚 냄새를 맡으면 초식동물이 된 것처럼 콧구멍 흥얼거리면서 저 짚더미를 혀로 감아 먹고 싶기도 했다. 작두날 속으로 절망도 밀어 넣으면 썰렸을까. 가난도 병도 썰려 사금파리라도 되면 좋았을 것이다. 그러나 매끈하게 썰린 것은 푸른 상처를 지녔다. 작두날은 여전히 날랬다.

*

무덤 속에 가있는 아버지가 놓고 간 것은 저 무쇠작두. 더 이상 썰 것이 없다고 날이 녹슬어 있었다. 나는 겨울 가고 봄이 오는 참나무에서 겨우살이를 땄다. 보잘것없는 저 작두로 겨우살이와 느릅나무 껍질을 썰었다. 거무튀튀한 작두, 벽도 창도 없는 부뚜막 위에서 작은 벌집에게 몸을 내어주고 있었는데, 오늘은 골담초 뿌리를 썰어 먹었다. 앙다문 윗날이 정확하게 봄빛이 스며드는 오후를 마저 썰었다. 써걱써걱 더운 숨을 뱉는 작두여, 쐐기도 썰고 나방도 썰고 저 먼 데서 오는 빗소리도 마저 썰어보자.

나를 위로해 주는 것들

① 투명한 깊이

여름산은 멀리서 보면, 치밀하고 빈틈이 없이 푸르다. 그 깊은
여름 산길로 들어가면, 즐비한 생명을 만난다. 나는 여름 계곡
에서 수영하는 것을 좋아한다. 소沼라고 부르는 큰 웅덩이, 투
명해서 제 곁에 있는 것을 모두 비춰준다. 나뭇잎 모양으로 떠
있는 물고기, 수면 바깥을 등진 다슬기, 돌에서 온기를 모으는
물뱀이 소를 이루고 있다. 나는 얕은 곳인 줄 알고 뛰어들어 본
다. 아, 발이 바닥에 닿지 않는다. 깊다. 팔다리의 힘을 빼고서
야 나는 떠오른다. 부레라도 있었다면 아가미호흡을 했을 텐
데. 나는 숨을 참으며 바깥으로 빠져나온다. 귀를 탈탈 턴다.

명하다. 그리고 숨을 깊게 내쉰다. 죽을 뻔했구나. 속이 훤히 들여다보인다고 얕게 보면 위험하다. 투명함은 깊은 수심을 숨기고 있으니까. 나의 시는 저 소沼를 닮고자 하였으나 번번이 실패하였다. 나의 시어는 소금쟁이처럼 물 위에 떠있지 못하고, 막대기처럼 물을 먹고 자주 잠겼다.

② 거머리 시학

물속에서 나와 햇볕 일렁거리는 그늘에서 바람을 쐰다. 그늘은 무수히 많은 구멍 속으로 바람을 햇볕을 새소리를 들이고 있었다. 멍때리는데, 종아리가 몹시 따갑다. 검은 것이 꿈틀거린다. 거머리다. 피를 빨고 있다. 손으로 떼려고 해봤지만 미끈거린다. 잘 떨어지지 않는다. 모래를 한줌 움켜쥐고 그것으로 거머리를 밀어버렸다. 피 빨린 자리, 피가 잘 나온다. 거머리의 입이 아직도 스멀거리고 있는 느낌이랄까. 근처의 쑥을 으깨어 상처에 붙인다. 피는 금방 멎었다. 나의 시가 있어야 할 자리는 저 거머리가 빤 입과 상처 사이였으면 좋겠다.

거머리는 제 삶에 부과되는 필연이란 피를 우연히 찾은 것이다. 나는 거머리 시학을 꿈꾼다. 거머리의 집요한 눈길(관찰), 피를 구부리는 힘(언어감각), 아찔한 현기증(상상력)을 갖고 싶다. 그렇게 나는 불온한 쾌락의 현현에 가닿곤 하였다. 흔해

빠진 것들이 어떻게 은폐되었고, 어떻게 다시 바깥으로 제 모습을 드러내는지, 추적하는 과정을 편애하였다. 그렇게 어지러운 순간마다 거머리의 춤(리듬)으로 삶을 직시하고자 했다.

③ 나의 시적 질료는 자연물

세 번째 시집에서는 삶의 자갈길로 빠지고자 했다. 자갈길은 편편하지 않다. 삶의 오물들이 군데군데 흩어져 있다. 우산 뼈대 사이에서 피어나는 들꽃도 있고 꽃등처럼 작은 날개를 가진 무당벌레와 뱀눈나비도 있다. 그 자갈길을 끼고 돌아나가는 물줄기 속에서 피라미는 물의 현을 튕기고 있다. 폐그물에 걸린 쏘가리 뼈는 살과 피를 버린 죄로 거문고좌를 꿈꾸고 있는지도 모른다. 문득 나는 저 세상의 영역까지 넘보고자 하였다. 그러나 나의 시야는 그렇게 깊고 넓지 못했으므로, 보고자 하는 것과 듣고자 하는 것만 또 기록한 것 같다.

시는 진흙 세상 속에서 엉키고 뒹굴어야 한다는 말을 믿는다. 그러니까 고상한 척, 깨끗한 척은 하지 말자. 나의 시는 노루 피 받아먹는 일상에서, 옻나무 새순 나오는 것을 볶아서 먹는 저녁 속에서, 물에 섞이지 못하고 가장자리로 밀려난 발때의 빛에서 기생한다.

나의 시적 질료는 자연물에서 얻어진 것들이 많다. 자연을 다루면 낡았다고 말하는 몇몇 시인들과 평론가들이 있는데, 나는 그 말에 동의하지 않는다.

우리는 자연 속에 예속된 질서를 머금고 살아간다. 새봄이 오면 작년 것은 오지 않고 반드시 새것이 온다. 그 새것은 작년 것보다 작은 물고기일 수도 있고 꽃뱀일 수도 있고 깨금나무 꽃일 수도 있다. 물론 크게 오는 것도 있다. 산골짜기에서만 자라는 석청과 멧돼지 울음소리 혹은 달과 별자리들이다.

자연은 나의 작은 놀이터다. 말벌집에 돌을 던지다가 쏘이고 절벽 위의 굴참나무에서 노루궁뎅이버섯을 따면서 손등이나 무르팍을 긁혔고, 석청이나 목청을 얻어오는 작은 기쁨도 맛봤다. 몸에 생채기 자국이 늘어날 때마다 작은 슬픔도 생겼지만 그것으로 인해 어떻게 자연을 누벼야 하는지 알게 되었다.

돌덩이에 새끼발가락을 찧어서 쪼개진 적이 있다. 앵두꽃이 필 때였다. 붕대로 새끼발가락을 친친 감아두었다. 앵두가 붉디붉게 무르익을 즈음 붕대를 풀었다. 새끼발가락은 보랏빛으로 잘 붙어있었다. 이처럼 나의 시 쓰기는 몸이 상처에서 회복하고 반응하는 '순간'을 직시하고자 한다. 물론 사물을 해석하는 눈이 깊어야 가능한 일이지만 나에겐 쓰고자 하는 의지가 사라지지 않고 계속 샘솟고 있으니, 아름다운 것과 추한 것을 겹겹으로 파헤치고 싶다. 비록 실패할지라도!

나를 위로해 주는 것들

접

나는 접接을 잘 붙이는 사람을 알고 있다. 접을 붙이는 일에도 규칙이 있다. 무엇보다도 대목이 좋아야 한다. 고욤나무엔 감나무 가지를, 복숭아나무엔 살구나무 가지를, 돌배나무엔 배나무 가지를, 야광나무엔 사과나무 가지를 붙여야 질병에 대한 내성이 생긴다는 것이다. 저 대목들은 모두 뿌리의 힘이 좋고 뿌리의 병이 상대적으로 적은 것이다.

벚나무는 살구, 매실, 복숭아, 자두, 앵두, 옥매, 백매까지 접붙여 수형을 바꿀 수도 있다. 아시다시피 포도와 사과와 배와 복숭아와 자두 씨앗을 땅속에 심으면 싹이 나서 자라긴 하지만 유실수가 되지는 못한다. 접을 붙일 때에는 방해받지 않는 고도의 집중력을 요구한다. 더블 칼과 톱, 비늘테이프와 톱 신페스트(나무 상처 보호제)와 붓이 필요하다.

접붙이기에는 세 가지가 중요하다. 째기. 붙여 넣기. 동여 매기. 그저 차분하게 나무의 마음을 생각하면서, 나무의 피가 교직되면서, 정신과 육체가 하나가 되면서 한 그루의 과수가 되는 것이다. 창조적인 사람은 접을 잘 붙이는 사람이라는 생각이 든다. 꼭 시인과 같다.

내가 좋아하는 시인 중 한 분이 이성복이다. 이성복 시인의 '대목'은 카프카와 보들레르였다. 첫 시집《뒹구는 돌은 언제 잠 깨는가》(1980)부터《래여애반다라》(2013)까지 곱씹어 읽어보면 "우리가 안다 해도 조금 아는 것뿐"인 것이 "짝짓는 일의 고단함이"고 "그 순간은 참 길었다"고 말한다. 또한 시 쓰기는 "모든 것은 자세의 문제이다"라고 환기하면서 "말 한마디가 척추를 곧추세운다"*고 몸뚱이에 날것의 언어를 바투 붙인다. 그의 방대한 글쓰기는 무모하지만 아름다우며, 백 번쯤 읽어줘야 절망과 고독에 황홀해하며 미쳐버린 시인의 그림자를 만날 수 있다. 그의 시집, 아무 페이지나 펼치면 진지하고 신경질적이며 날랜 시적 자아가 때와 장소를 가리지 않고 나타난다는 것을 알 수 있다. 그러나 시집을 능란하게 읽었다고 시를 아는 것처럼 굴지는 말자.

나는 접붙이는 사람에게 매료되었다. 현실에 상상력을 접붙이는 사람을 우리는 시인이라고 부른다. 시인은 태양계에서 퇴출된 명왕성을 가져와 식탁 위에 올려놓고 고귀와 불온성을 노래할 수 있다. 진실과 용기, 사랑과 절망에 목줄을 달아 방울 소리를 내게 할 수 있다.

　과실나무 접붙이기는 허리를 구부리고 앉아 나무의 결을 들여다봐야 하는 긴 노동이다. 짐승에게 접붙이기는 네 발의 그림자가 두 발로 서서 제 피의 가계를 위해 에너지를 쏟아내는 노동이다. 시 쓰기는 현실과 상상력을 나의 것으로 만드는 노동이지만 가장 위험한 이유는 쓸모가 없기 때문이다. 그러나 시는 내가 가보지 못한 곳을 가장 많이 데려다주면서 지혜와 깨달음을 내어주기도 한다.

　'파블로 네루다' 식으로 말하자면, '접붙이기'의 송시는 이러하다; 영향은 가장 중요하고, 불가사의의 존재를 접하게 하고, 나의 사유재산, 몽상을 손끝으로 베끼는 즐거움을 준다.

---

*　　이성복, 《달의 이마에는 물결무늬 자국》의 목차 제목을 인용함.

고추씨 촉 틔우기와 파종

씨앗종묘상에서 고추 씨앗 봉투를 열다섯 개를 가져왔기 때문에, 아버지와 어머니는 대한 추위에도 적적하지 않았다. 씨앗을 전부 한데로 모아 놋대접 물에 목을 축이게 했다. 씨앗은 물 흐르는 방향으로 꽃잠을 누이는 모양이다. 쭈그러진 씨앗엔 누각도 있고 수장된 어둠도 있을 터이다. 안방 윗목에 판자를 깔고 가제수건으로 세 번 싸고 다시 수건으로 싸서 항아리를 뒤집어 나흘째 덮어두면, 촉이 나온다. 번뜩이는 뿌리가 나온다. 대가리를 밀고 나오는 것이 아니라 뿌리가 이빨 같았다.

아버지와 나는 고추 씨앗의 잠자리를 옮겨주기 위해 골몰하였다. 비닐하우스 땅을 파고 거기에 열선을 깔고 다시 작은 하우스 하나를 만들어 놓았던 것이다. 비닐하우스 안은 벌써 압정처럼 박힌 냉이와 쑥이 푸른빛을 내밀고 있었다. 어머니는 촉 나온 고추씨와 이쑤시개를 가지고 왔다. 고추씨를 스티로폼 상자에 뿌리면 붙어있는 씨앗을 하나하나 떼어내야만 했다. 한 줄기씩 잘 자라도록 간격을 벌려주는 것이다.

대충대충 씨를 뿌리고 흙을 덮으면 금방 끝날 줄 알았는데, 오전 아홉시부터 해가 질 때까지 엉덩이를 떼지 못했다. 쪼그리고 앉아있으니 내 몸이 씨앗이 된 것만 같았다. 간격을 일정하게 잡아주는 일이 이렇게 힘들 줄이야. 이 고추 씨앗 하나에 고뇌하고 무릎이 꺾이고 온몸이 피로에 잠기는 과정을 겪어봐야 봄 냄새를 맡을 수 있는 것이다.

어머니는 서두름 없이 씨앗 하나하나가 땅심을 갖도록 고르고, 사려 깊은 마음으로 흙을 얇게 덮어주었다. 작은 쉼표,,,,,, 같은 고추씨앗이 어머니께 재미를 주고, 건강을 주고, 위안을 주고, 에너지의 불을 준다고 생각했다. 고추 씨앗 파종을 하면서 나도 나의 경박함과 변덕스러움과 나태함을 파헤치고 벗어던지고 싶었다. 어머니는 씨앗에서 활기찬 기쁨을 맛보았고, 일이 즐거워져야만 자신감과 용기가 생긴다고 말했다. 그러나 나는 일에 서툴고, 일을 빨리 끝내고 싶은 마음뿐이었다. 사춘기를 막 지나고 있었으니까.

*

훗날 결혼을 하고, 질문 잘 하는 아이도 생기고, 희한하게
도 나는 시를 쓰면서 생각도 말도 부드러워지기 시작했다. 설
지난 이월, 나는 고추 씨앗을 어떻게 골라야 하는지 알게 됐다.
단순히 능동적으로 일하는 것이 아닌 씨앗과 교감하면서 한
해의 운을 점치면서 놀고 있었다. 어머니는 통장에 돈 한 푼 없
었는데 이쑤시개 한 개와 고추 씨앗이 '부자'가 되게 해줬다고
말했다. '겸손하고 쓸모 있는 사람이 되었으니, 네가 부자야.'
씨앗이 알은체를 했다. 간절하고 절실한 마음이 가난을 삶의
동력으로 삼았듯이 나도 어수룩함으로 내가 모르는 것들의 숨
결을 데리고 별것 아닌 삶의 맥이 간신히 들리도록 노래하고
싶다. 그래야 막막함마저 향유할 수 있으니까.

마당에 있는 나무 절구통이 벌레의 집이 되었다. 썩어가는 밑
동을 들어보니까 지렁이들이 꿈틀거린다. 아무 때나 쌀과 수
수를 빻던 공이도 새까맣다. 한때는 한 몸이었지만 거미줄과
함께 늙어가는 중이다. 오늘은 슈퍼문이 떴다. 슈퍼문이 오니
까 온 바다가 깨지고 포구가 물고기로 넘친다. 별주부가 토끼
찾으러 물고기를 앞세우고 지상으로 올라온 것인지도 모른다.
허구렁 달무리가 하얗고 파랗다. 슈퍼문을 바라보고 있자니,
절구통과 토끼와 달의 가계에 대한 이야기가 떠오른다.

*

나는 달로 가닿는 사다리, 목서를 알고 있다. 목서가 서있는 언덕 밑에서 토끼는 굴을 파고 사는데, 목서의 뿌리를 갉아 먹다가 급기야 몸통과 정수리까지 파먹게 되었다. 때마침 목서 꼭대기에 걸린 달까지 파먹게 되었다. 그리하여 토끼는 달을 내딛게 되었고, 그걸 쫓아가는 여우 한 마리가 있어 달 속엔 토끼와 여우가 함께 살게 되었다. 그때부터 토끼는 여우를 피해 달에 구멍을 뚫기 시작했고, 여우는 어느 곳이 토끼굴인지 몰라서 자꾸 꼬리에 달빛을 묻혀 쏘다녔다.

등을 대고 나란히 걸어가는 토끼와 여우, 여우가 바깥이면 토끼가 안쪽, 항상 앞뒤가 바뀐 채로 지냈다. 놀랍게도 월식이 있는 날이면 여우와 토끼는 칩거를 했다. 토끼가 달에 처음 투숙해서 반원을 그린 뒤, 돌을 파내다가 그만둔 것이 절구통이었다. 여우가 나, 여기 살아있다고 통통거리며 울면 어둠만 철썩거린다고 했다. 꽝꽝 빛나는 건 토끼의 이빨밖에 없었다. 달에 호수를 판 것도 확확 도는 중력을 만든 것도 토끼지만 여우는 절구통에 들어가 잠을 자다가 난데없이 지구로 돌아왔다. 열흘 동안 아무것도 먹은 것이 없었지만 내장을 돌고 나온 것이 있었다. 그건 샛노란 오줌이었고 나는 그것을 별똥별이라고 불렀다.

*

    절구통에서 시작된 이야기는 저 슈퍼문의 허구렁 속까지 파헤치게 했다. 나는 늘 상상력으로 이야기를 훔치는 좀도둑이 되고자 했으나 뻗질나게 발품을 파는 산책자밖에 되지 못했다. 나는 오늘도 퍽, 하고 터져 나오는 매화가 이야기로 치환되는 오후를 꿈꾸었으나 엎어져 노트북 자판만 두드렸다. 흘깃거리는 자리마다 먼지가 반짝였다. 그악스러운 날씨 속에서 나는 프로스페르 메리메의 단편 〈마테오 팔코네〉와 〈타망고〉를 읽었다.

나의 시론 2

① 무턱대고 걷는 산길

복사뼈에 물이 찰 때까지 나는 그것이 병이 되는 줄도 모르면서 산길을 걸었다. 아프지 않았으니까. 물주머니가 작아지고, 다시 복사뼈가 드러날 때까지 나는 산에 가지 못했다. 10층의 높이에서 그저 색과 빛을 바꾸면서 다시 검어지는 나무들만 하염없이 바라봤다. 그리고 다시 봄, 죽은 나무는 죽은 나무인데 몸통에서 흰 꽃가지를 매다는 산벚나무와 조우하였다. 그런데 흰빛의 아름다움이 검은색에서 나온다는 사실을 알게 되었다.

시적 대상을 말하기 위해서는, 대상 옆에 붙어있는 생명이나 사물로 이야기할 때, 거기에서 내가 모르는 아름다움이 생겨난다고 믿는다. 말할 수 없는 것에 가닿는 시 쓰기는 무턱대고 걷는 산길과 같다. 산길에서 보는 무당벌레의 춤과 같다. 무당벌레는 반달 등껍질 날개로 날 수 있고, 잘 뒤집고, 잘 굴러가고, 때로는 높은 곳만 찾아 오르는 것을 좋아한다. 그러나 무당벌레는 언제 어디에서 어떻게 죽을지도 모르면서 날아온다. 가장 작게 돌처럼 날아와 제 등 무늬로 자기 존재를 드러낸다. 나의 시가 저 무당벌레를 닮았으면 좋겠다.

② 아무 때나 아무 데서나

뿌리 들린 나무, 그 구멍 속에서 잠을 자는 능구렁이를 봤다. 허물 벗은 능구렁이였다. 돌바닥에, 어제까지 입었던 저 피부 찢어져 있고 어긋나 있다. 몸만 있으면 어디든지 가는 능구렁이, 땅 위에서 날고 나무 위에서 걷는다. 그러고 보니 능구렁이는 몸이 곧 언어이자 리듬이다. 가끔 꽃막대기로 서서 먼 곳을 응시한다. 저 능구렁이가 허물을 계속해서 벗는 것은 몸이 편안하지 않다는 증거다. 나 역시 아무 때나 아무 데서나 시를 쓰려고 한다. 하지만 시는 쓰이지 않고 시는 멀리 도망간다. 몸이 시를 받을 자세가 안 된 것이다. 저 능구렁이가 가진 재주를 닮고 싶으나 나는 능구렁이가 아니고 잠음에 민감한 사람이므

1
2
5

2. 내가 사랑하는 것들

로, 시를 눈으로 듣고 귀로 보려고 한다. 거기엔 세상 만물이 들어있으니까.

③ 핏줄 도드라지는 자리, 시

병원 응급실은 환자들로 북적인다. 간호사들이 가장 큰 어려움을 느낄 때는 주삿바늘 들어갈 환자의 핏줄이 보이지 않을 때이다. 간호사 대여섯 명이 와서 핏줄 하나 못 찾고 갔을 때, 수간호사 한 명이 와서 환자를 마주 보지도 않고 삐딱하게 발목을 응시했다. "따끔합니다!" 하고 바로 주삿바늘을 찔렀다. 놀라워라, 수액이 총총 잘 들어가는 것이 보인다. 이것이야말로 시가 지향해야 할 자리라고 생각했다.

생각하지도 못한 자리, 가장 작은 세부를 통해서 전체를 살리는 힘을 갖는 일, 그것이 시의 언어라는 것, 가장 평범한데 아직 말해지지 않은 것에 눈길을 오래오래 주고 싶다.

소금에 대한 몇 가지 이야기

나는 소금이 나는 나무를 알고 있다. 붉나무. 예로부터 아주 귀한 대접을 받았다. 사찰이나 산속 민가에서는 붉나무 열매 가루를 모아 소금으로 썼다고 한다. 붉나무가 자라는 절벽 밑엔 소금물이 흘러내리기도 하고 돌에 스미기도 했다. 염소가 나무 위에 올라가거나 절벽에 딱 붙어 걸어 다니는 것은 그리 놀랄 일이 아니다. 소금을 얻기 위해 떨어져 죽어도 어쩔 수가 없다. 소금이 결핍되면 발굽이 빠져버리기 때문이다. 아프리카의 코끼리들도 물을 찾아 떠나는 것이 아니라 사실은 소금을 찾아서 떠나는 것이라 한다. 소금이 있어야 상아가 빠지지 않고 몸집을 장중하게 유지할 수 있는 것이다. 시베리아에서 순록을 키우는 사람들도 소금이 없으면 연어를 잡아 순록에게 준다고 했다. 연어의 몸엔 소금기가 하염없이 흐르고 있으니까. 하구 쪽에 물고기가 많이 나오는 것도 이런 까닭이다.

*

로마 시대 병사들은 소금으로 봉급을 받았다. 그것을 '살라리움'이라고 칭했다. 봉급생활자를 일컫는 '샐러리맨'도 소금에서 유래한 말이다. 마을 앞 버스정류장에서 노인들의 대화를 엿들어 보니까 소금가마니 몇 포나 들여놓았냐고 묻는다. 소금가마니를 뒤란에 많이 들여놓은 사람이 부자라는 것이다. 그 말이 쏠쏠하게 재미있다.

간수가 잔잔하게 빠지는 소금의 쓰임새를 생각한다. 메주콩을 절구통에 찧을 때, 간을 맞추고, 또 그 메주로 장을 빚었다. 남은 소금으로 가을엔 감을 우리고, 배추와 무를 절여 김장을 했다. 동지 팥죽을 끓일 때 간을 맞추는 것도 굵은소금이었다.

*

장독대에 꿀벌들이 날아와 애걸복걸하듯 소금을 가져가
는 이유를 알게 되었다. 꿀벌도 꽃 지고 물 지고 소금 지고 가
집을 짓는다는 것이다. 소금에겐 안온함을 주는 힘이 있는 걸
까. 문득 그런 생각이 든다. 잇몸이 노곤할 때, 소금물로 입을
헹구면 한사코 정신이 맑아진다고 했다. 그러고 보니 아버지
가 장례식장에 다녀오면 어머니가 문 앞에서 소금을 뿌리는
행위 역시 몸에 붙은 귀신을 떼기 위한 어떤 의식이었고, 오줌
싸개꾼에게 소금을 받아 오라는 것은 소금을 먹고 신장방광에
힘을 얻으라는 뜻이 숨겨져 있었다.

*

　　유비의 책사, 제갈량은 우물에서 소금을 보았다고 했다.
파란색이 일렁거렸는데 그것이 소금 빛이라는 것을 알았던 것
이다. 춥고 척박한 전쟁 속에서도 이를 악물고 우는 우물의 바
람 소리를 들었던 것이다. 그는 황무지에서 돌샘을 팠던 최초
의 사람인지도 모른다. 소금은 구멍 가진 것들을 헐거워지지
않게 해주었고 피가 묽어 흐트러지지 않도록 삶의 지팡이가
되어주었던 것이다.

간월암에 와서야 천 갈래 만 갈래로 찢어져 오는 파도를 바라봤다. 파도는 막막하게 또 어디로 물결쳐 가는가. 아직도 해저에 잠든 요술 부채여, 변하지 않는 것은 소금밖에 없구나.

나를 위로해 주는 것들

세상에서 가장 비싼 보청기

나는 장인어른을 '아버지'라고 부른다. 팬데믹 이후, 사회적인 거리두기와 백신 3차를 맞고서야 아버지 얼굴을 뵐 수 있었다. 지난여름 아버지는 채마밭 풀이랑 잘 놀다 왔는데 보청기가 어디로 사라졌는지 모른다고 했다. 언제부터인지 아버지는 귀에 풀벌레가 산다고, 귀에서 풀벌레 울음이 뛰어다닌다고 했다. 아버지는 제철소 소음에 귀를 내어주면서 삶이 쇳덩이처럼 녹아 없어질 세계에 불과할지도 모른다고 생각했으리라. 아버지는 제철소를 다니면서 사는 일이 가장 행복했다고 말하는 사람이다.

그런 아버지의 귀가 망가져 가고 있을 때, 유리창 문틈에 부딪치면서 빠져나가지 못한 호박벌을 바라봤다. 호박벌은 쉽게 들어왔지만 막상 나가려고 하니, 투명한 그물에 갇히고 만 것이다.

아버지가 퇴직 후 처음 한 일은 작은 텃밭을 사서 가꾸는 일이었다. 그 텃밭에 농막을 세웠고 포도나무와 엄나무와 두릅나무를 심었다. 가지와 토마토, 열무와 배추를 심어 가꾸는 기쁨을 맛봤다. 그런데 귀는 소음을 멀리한 죄로 아버지 귀에 풀밭을 만들었나 보다. 소음은 아버지의 책이었고 노래였고 세상이었지만 아무도 알지 못했다. 다만 말매미가 농막 창을 두드릴 때엔 낮잠을 곤히 잘 수가 있었다고 했다.

보청기를 맞추러 갔을 때의 일이다. 어머니가 아버지께 귀가 들리지 않는다고 의사에게 말해야 국가보조금을 받는다고 이야기했나 보다. 그러거나 말거나 아버지는 청력 검사가 신기했는지, 소리에 민감한 반응을 보여줬다고 했다.

"이쪽에서는 어떤 소리가 나지요?"

"시계 초침 소리요."

"그럼 저쪽에서는 어떤 소리가 나지요?"

"말매미 소리요."

아버지는 작은 목소리로 들린 '소리'에게 이름을 붙였다. 시를 쓰는 과정 속에서 절로 드러나는 현실문제의 진실이 있지만, 의도와 다르게 드러나 버리고 마는 현실문제의 진실도 있다. 그렇게 아버지는 현실문제에 정직한 사람이다. 그리하여 한쪽 귀를 삼백만 원 가까이 주고 사 왔지만 두 달도 껴보지 못하고 잃어버린 것이다.

아버지는 보청기가 아예 없으니까 마음이 편해진다고 했다. 마음이 정직하고 편안해야 웅덩이에 괸 쌘비구름과 목덜미에서 웽웽거리는 모기까지 본다고 말씀하신다. 아버지 앞에서 나는 입에 착착 들러붙는 말이 무엇일지 궁금했다. 아버지 가슴팍에 스며드는 말이 있다면 그것 또한 무엇일지 생각했다. 말의 정직은 몸에서 나오고 소리의 채각은 귀에서 나온다는 말을 믿기로 했다.

아버지는 밥상머리에서 식구들과 대화를 할 때마다 미온적이다. 보청기를 끼면 식사 시간이 더 즐거워질까? 우리가 뚱딴지같은 질문을 할 때마다 우문현답이다. 잡음이야말로 가장 싱싱한 날것의 언어라고 일러주고 있었던 것이다.

어머니는 아버지의 귀가 쭈글쭈글하게 못생겼다고 말하지만, 나는 제철소에 다니면서 소음의 망치질에도 귀를 영원히 잃지 않았다는 것이 위대한 일이라고 생각한다. 아버지는 잡음과 풀벌레 소리가 톱니처럼 맞물리면 두통이 누그러진다고 했다. 나는 '귀'라는 세상 쪽에 서서 울음과 공명은 통筒과

1
3
3
2. 내가 사랑하는 것들

떼려야 뗄 수 없는 관계라는 것을 알게 됐다. 그렇다면 소리는 눈 달린 귀인가. 발 달린 귀인가. 소리에도 눈 코 입이 달려있을까.

목화밭을 가꾸는 목사님. 성탄절이 얼마나 추울지 한 번도 생각해 본 적이 없었다. 항상 점심을 먹은 뒤, 목화밭 가장자리에 앉아 기도하는 자세가 목화송이처럼 찾아와야 한다고 생각하였다. 목화송이를 오른손으로 따서 왼손에 올려놓고 "너는, 더없이 흰빛으로 아름답구나" 의미심장한 표정을 짓자 "목화는 꽃이 아니라 열매야" 목화씨처럼 갈라진 상처가 피를 흘리며 말했다. 목사님은 기뻐하면서 손톱으로 솜을 꽈 가시를 끄집어냈다. "오, 나의 아버지! 어디 계시나요. 온전한 것은 목화밭인데 당신을 찾을 수가 없네요." 추위에 얼어 죽은 자의 무덤을 감싸기 위해, 목사님은 백 년 동안 목화씨를 뿌렸다고 했다.

*

　'목화' 하면 붓대 속에 목화 씨앗을 숨겨 온 문익점인데, 나는 놀랍게도 열한 살에 본 목화밭이 더 기억에 남았다. 나는 목화밭 저 너머에 있을 아름다움에 가닿고 싶었던 것이다. 이러한 순간이 주는 흥興을 마다하지 않았다. 갈망과 질문으로 비워내는 풍경들은 내가 쓰는 시의 지향하는 힘이 되었다. 기억이란 길엔 끝이 없지만 나는 그 끝없는 막막함 속에서 이야깃거리를 찾는다. 이 세상엔 이야기보다 더 재미있는 것이 많다. 그럼에도 불구하고 나는 이야기가 없으면 추억이라고 부를 것이 없다고 생각한다. 이야기는 뜻있는 글자나 사물을 잘 품어준다. 인생의 덧없음도 품어준다.

오래

달라붙어 있어도

좋은 감촉

이
월

저수지의 얼음판은 서두름이 없이 녹는다. 돌멩이를 던지면
쩡쩡 소리를 내며 미끄러진다. 나는 자전거를 타고 얼어붙은
저수지 위를 달렸다. 어른들이 보았다면 아주 호되게 나무랐
을 것이다. 나는 어떤 무모함과 용기를 가졌는지는 모르겠으
나 아무튼 얼음판이 녹아내리는 저수지를 달렸다. 얼음이 짜
개지면서 황급히 페달을 밟았고, 스르르 물이 자전거 바퀴살
을 적시는 것이 보였다. 얼음 속에 빠지면 한순간에 죽는다는
것을 알면서도 나는 또 하나의 깨어있는 봄을 만나고 싶었는
지도 모른다.

　　이월의 저수지에 빠져 죽은 사람에 대한 이야기를 뉴스를

통해 본 적이 있다. 얼음판 위를 걷는 것은 모험을 품은 일이 아닌데. 나는 위험을 무릅쓰면서 얼음판에서 불을 지피기도 했다. 하지만 빠져 죽지는 않았다. 이유인즉, 나의 청소년 시절 엔 오락거리도 없었을뿐더러 그러한 짓이 별로 위험하지 않다 고 생각했던 것 같다.

이월의 볕은 따스하고, 갈대밭은 깃털을 달고 날아갈 것 만 같았다. 그런 풍경을 보면 막대기 하나 들고 생각 없이 걷게 된다. 뭐랄까. 이월은 불온성과 계절감이 삶을 업신여길 것 같 다는 생각이 든다. 때 이르게 봄비가 오면 개구리들이 물 고인 논배미에 모여 울어대지만 다시 뼛속 깊이 저미는 살얼음이 얼면, 개구리보다 먼저 울음이 음산하게 얼어 죽었다.

이월의 모든 길은 질퍽하다. 얼었다 녹고 녹았다 어는 흙 덩이들이 신발 바닥에 잘 달라붙는다. 그런 흙길을 걷다 보면 진흙이 바지와 등짝에 달라붙었고, 도둑풀씨가 양말과 바짓단 에 딸려 오기도 했다. 그런 것들을 떼면서 부들군락지에 도착 했는데 덥수룩한 부들 대가리가 눈에 들어왔다. 나는 돌멩이 를 집어서 부들 맞히기 놀이를 했다. 왜 나는 저 부들을 성가시 게 했던가. 존재를 뒤흔드는 불안감을 해소하려고, 나는 짐승 의 발자국을 쫓아 걷거나 벌집을 쑤시고 다녔다. 금테 두른 상 황버섯을 보거나 겨우살이와도 조우했지만 그것이 약초라는 것은 훗날 알게 되었다.

　아무것도 달라질 것이 없지만 이월엔 지평선과 너구리, 망가진 울타리를 넘는 짐승들, 담배 피우는 산불 감시원, 헤엄치는 물오리 천사들, 물가에서 반들반들한 버들강아지가 있었다. 식곤증처럼 찾아오는 봄을 위해 나는 지켜야 할 약속인 양 하염없이 걸어야 한다. 아니, 걸어야 했다.

유레카

바오바브나무에 대한 신화는 여럿이면서 하나로 모아진다. 사막에 버려졌지만 거꾸로 자란 죽은쥐나무. 말라가시어로 바오바브나무를 레날라Renala라고 부른다. '숲의 어머니'란 뜻인데 마다가스카르 사람들은 바오바브나무가 죽으면 장례를 치러준다고 한다. 그도 그럴 것이 바오바브나무는 이곳저곳 기웃거리지 않고, 오직 한자리에서 그림자를 그리면서 하루가 길다고 생각하지 않았다. 이상하리만치 아름다운 빛이 떨어지며 우르릉거리는 소리를 냈다.

바오바브나무는 번개를 맞고도 쪼개지지 않았다. 대신 깨진 어둠을 모아 꽃 기름 한 겹을 발라서 지평선 바깥에 붙여

두었는데, 그것이 저녁노을이 되었다. 비를 몰고 오는 태풍의 눈과 단지에 물을 쏟는 사람을 제 심장에 숨겨놓은 바오바브나무.

에리다누스강에서 흘러나온 유성우가 바오바브나무의 나이테를 그려놓을 때, 지하수가 땅 밑의 뿌리를 쫓아 솟구쳐 오른다고 했다. 이 우스운 나무를 악마가 버렸던 것인데, 아무것도 아무도 없어 다 죽을 것만 같았는데, 터무니없게도 모든 것이 와서 살고 있었다. 유레카! 비도 구름도 달도 바람도 사람도 때맞춰 왔구나.

바오바브나무는 처음 올 때 그 모습 그대로다. 어린 왕자는 언제나 바오바브나무 꼭대기에 앉아있을 테다. 아직 돌아오지 않는 것들이 있어 바오바브나무는 꽃과 잎사귀를 놓지 않고 기다렸다. 언제 돌아올지 모르는 그것의 이름이 무엇인지 몰라서 수천 년 동안 생각했다. 그 뒤부터 바오바브나무는 그저 잠만 자는 것이었다. 사람이 먼저 바오바브나무 속에서 벌러덩 누웠던 것이었다. 자는 것 말고는 딱히 할 일이 없었으니까.

감자와 땅강아지

감자는 호냉성 작물. 사월, 오리새는 모정茅亭의 지붕 밑에서 알을 낳고 부화 중이다. 아버지는 씨감자를 반 토막으로 잘랐고, 재를 묻혔고, 찌그러진 양푼에 담아두었다. 나는 리어카에 양푼을 싣고 상수리나무밭으로 갔다. 밭두렁, 괭이로 낸 고랑에 씨감자를 하나씩 놓았다. 잘린 면이 하늘을 보게 놓으라고 했지만 나는 그냥 던졌다. 고만고만한 것들, 오와 열을 맞추지 않아도 감자는 싹을 틔우고 알을 맺고 꽃을 피우면서 자랄 것이다.

재 냄새 나는 감자, 가장 어둡고 빛나는 것은 재였다. 씨감자에 재를 묻혀서 놓으면, 감자를 캘 때에도 씨감자는 썩은 모습 그대로 딸려 나온다. 감자꽃이 피면 꽃을 따는 사람도 있고, 꽃이 피었다 지는 것을 보고 감자 캘 시기를 조율하는 사람도 있다. 아버지는 감자를 놓고 꼭 비닐을 씌워주었다. 싹이 나는 동안, 이슬에 삶아질 수 있다고 했다. 줄기 무름병을 미리 방지한 것이다.

하지 무렵, 감자를 캔다. 하지감자를 캐면, 땅강아지들이 많이 나온다. 씨감자 옆에서 사는 지렁이를 잡아먹고 사는 걸까. 아니다, 감자줄기가 말라 죽고 있는 것을 보니까 뿌리를 갉아먹고 살았던 것이다. 그러거나 말거나 나는 땅강아지를 죽이지 않는다. 땅강아지는 날개를 가지고 있지만 나는 것을 본 적은 없었다. 땅강아지를 잡아서 주먹을 살짝 쥐어보면, 앞발로 파헤치는 힘을 느낄 수 있다. 이것을 세상에서 가장 작은 굴삭기라고 불러야겠다. 땅강아지가 울먹거리면 비가 온다는데, 아 정말 비가 오면 어떡하나. 사실 땅강아지가 많다는 것은 계속해서 가뭄이라는 것, 고슬고슬한 흙빛을 좋아하는 땅강아지, 나는 감자를 잘 캐는 땅강아지였다. 맨발로 흙을 밟았다. 맨발은 흙을 뒤집어써도 맑아졌다. 오래 달라붙어 있어도 좋을 감촉이었다.

시
감

참깨밭에 큰 깨벌레가 나온다. 초록빛으로 징그러운 박각시나
방 애벌레다. 하지만 어머니는 큰 깨벌레만큼 깨끗한 것이 없
다고 말씀하신다. 닭들도 무더위에 지칠 무렵, 어머니는 깨벌
레를 잡아서 닭장 밖으로 던져주곤 했다. 닭들이 닭장에서 나
와 날것의 비린 것을 콕콕 찍어 먹었다. 어머니는 깨벌레가 아
무리 많아도 두세 번 잡으면 없어진다고 했다.

그런데 들깨밭에서는 큰 깨벌레를 발견하지 못했다. 들깻
잎이 톡, 쏘는 향을 가졌기 때문이다. 그 향에 도취해 우리는
깻잎김치를 담가 먹는 것이다. 대신 시월에 깨를 터는데, 무수
히 많은 벌레들이 깨알같이 쏟아졌다. 무당벌레, 노린재벌레,

파밤나방 애벌레, 작은 등에, 쐐기 등등 셀 수 없이 쏟아졌다. 이것들이 깨의 좀도둑이다.

그러고 보니, 저 좀도둑을 구별하는 법은 딱 한 가지다. 팍팍한 가을볕에 쬐어주면 그만이다. 기다리고 지켜보는 일이 가장 중요하다. 입과 항문을 가진 벌레들이 가장자리로 뛰쳐나온다.

불현듯 시 쓰기도 이와 같다는 생각이 든다. 눈에 띈다고 보이는 게 전부가 아니다. 옴짝달싹할 수 없는 것은 나지만, 저 벌레들은 굽거나 휘어진 힘으로 뱃구레를 밀고 나간다. 몸을 접었다가 펴고 접었다가 펴고, 끝내 그것이 몸의 리듬인지도 모르면서 탈출을 꿈꾸는 것이다. 가매*에 빠진 벌레들도 있다. 가을볕에 반동하는 나도 방향을 바꿔보니까 눈앞의 먼지들이 푸르렀다. 나는 깨의 좀도둑을 잡지 않고, 신경질적으로 도망가는 것을 지켜봤다. 지켜봐야 시감視感이 오니까.

* 거짓으로 자는 체함.

내가 열두 살 무렵, 매를 키워본 적이 있었지요. 팽나무 둥지에
서 꺼내온 참매였지요. 사람 손 냄새 타는 순간, 참매 어미는
새끼를 죽인다고 해요. 하여 날개에 깃털이 수북하게 돋아날
즈음 참매를 꺼내 와야 해요. 사실 매는 영물이어서 받는다고
하지요. 그땐 진안군 백운면 운교리에 사시는 전영태 옹이 매
사냥꾼으로 유명했지요. 초등학교 사회 교과서에서 뵌 분이었
어요. 산 고개 하나 넘는 곳에 살고 계신다는 것이 신기했지요.

참매를 집으로 데려온 후로부터 나는 매일매일 개구리를
잡으러 다녔어요. 참매는 개구리 뒷다리를 가장 좋아했으니까
요. 나의 참매, 작은집 둘째형에게 마구 졸라서 가져오게 되었

어요. 그런데 백 일도 채우지 못하고 참매를 돌려주고 말았어요. 글쎄 집고양이가 참매의 날갯죽지를 물어 할퀴어 놓았지 뭐예요. 그물망을 찢고 새장으로 고양이가 들어간 것이었죠. 뒤란에서 홰치는 소리가 들렸으니 망정이지, 그만 고양이밥이 될 뻔했다니까요.

나는 참매를 물어뜯은 고양이가 미워서 고양이를 괴롭혔어요. 하지만 고양이 발톱에 인중과 입술을 할퀴고 말았어요. 진물이 누렇게 났고요, 상처가 너무 간지러웠어요. 아버지는 그런 나를 위해 숯을 갈아 만든 가루약을 발라주셨어요. 딱딱하게 굳은 상처 딱지를 떼어보니까 피가 묽었어요. 일기장 귀퉁이를 찢어 붙여놓았는데 종이와 글자가 잘 떨어지지 않아 곤혹스러웠던 기억이 나네요.

여름방학이 시작되었어요. 참개구리를 양파망에 잡아 참매를 보러 갔지요. 작은집 형은 윗집 형에게 참매를 맡겼다고 했어요. 그 윗집 뒤란에 가보니까 참매 세 마리가 있었어요. 그 형은 잔재주가 좋아 참매의 먹이로 참새도 잡아서 주고, 물고기도 잡아다 주고, 땅강아지와 꽃뱀 등 다양한 것들을 참매에게 던져주고 있었어요. 노란 자위에 새까만 동공, 부리는 강하게 휘어졌고, 그 끝은 뾰족해서 바람도 걸리면 빠져나가지 못할 것 같았어요.

참매를 위해 여름부터 초겨울까지 논밭에 개구리가 없으면 냇가의 돌을 뒤져서 개구리를 잡아다 주었지요. 그런데 희한하게도 중학교에 입학하자 참매를 잊게 되었고, 오락실에 드나들면서 '스트리트 파이터' 게임에 빠졌지요.

글쓰기는 존재의 한순간을 떠올리게 하는 마법의 힘을 가졌나 봐요. 나는 운이 좋아 시와 희곡을 쓰게 되었지요. 신춘문예 '봄 작가 겨울 무대'를 위해서 장막 희곡으로 〈작살〉을 쓰게 되었어요. 응사를 주인공으로 내세웠지요. 희곡은 내가 아는 것을 말해주면서 미적 언어를 공부하게 해주는 글쓰기였어요. 작품 공간에서 벌어지는 사건을 위해서 '매사냥'과 태조 이성계를 엮어보게 되었어요. 그도 그럴 것이 마이산엔 은수사銀水寺란 절이 있는데요, 고려의 장수 이성계가 기도 중에 마신 물이 은 같아 붙여진 이름이라고 해요. 그 기도의 증표로 청실배나무를 심었고요. 태극전엔 〈몽금척수수도夢金尺授受圖〉와 〈일월오봉도日月五峰圖〉가 모셔져 있지요. 나는 둘이면서 하나인 이야기를 쓰고 싶었어요. 입이 절로 벌어질 정도의 어마어마한 이야기가 아닌 가장 하찮은 이야기인데 깜깜하고 막막한 아름다움을 쓰고 싶은 거였죠. 하지만 나는 참매에 딸린 뒷이야기만 쓴 것만 같아 낯이 화끈거렸죠.

참매를 통해 응사의 골치 아픈 이야기를 쓰고 싶었는데,

골이 아픈 것은 나였죠. 비범한 이야기꾼은 엉킨 삶에서 막막한 출구를 만들어 준다는 말을 믿어요. 어떤 체험은 기억에서 잊혀버렸지만 글쓰기를 통해 복원된다는 것을 알게 되었어요. 매는 굶주린 눈빛 속에서 약동하는 힘을 발견하고요. 응사는 매가 자신의 것이라고 믿고 있지만 언제든지 야생으로 날아간다는 걸 알고 있죠. 그러니까 응사는 만남과 이별, 죽음과 삶의 우연을 필연으로 바꾸어 주는 주인공이자 연출자인 셈이죠. 매사냥을 '타자의 발견'이라고 부르고 싶어요. 응사는 참매를 통하여 장끼나 까투리 혹은 청설모나 토끼를 발견하지요. 저 발버둥치는 힘과 허망함을 좋아하는 응사, 극작가의 다른 이름인지도 모르겠네요.

레드우드 도롱뇽의 첫 번째 고뇌

땅을 밟을 것인가. 아니면 영원히 공중에서만 살 것인가.

레드우드에 사는 도롱뇽은 삼나무가 115미터까지 자랄 때까지 땅을 잊고 살았다. 아니, 땅을 밟을 필요가 없었다. 레드우드에는 밤이고 낮이고 활동하는 흰개미가 있어 도롱뇽은 끼니 걱정 할 일이 없었다. 나뭇잎이 허락하는 만큼 물을 먹었고, 우박구름에 닿은 딱정벌레가 얼어 죽을 때마다 낮잠을 잤다. 폐와 아가미가 몹시 결리는 날이면 양 옆구리에서 날개가 돋는 것이라고 믿었다. 날 수 있다는 믿음, 피가 가려운 곳을 긁으면서 거대한 날개가 스쳐가는 꿈을 꿨다.

거의 나무껍질이 될 뻔했지만 도롱뇽은 아무 데도 가지

않았다. 언제부터인지 피부호흡으로 공기를 마시게 된 것이다. 도롱뇽은 폐와 아가미가 하는 일이 무엇인지 알지 못했다. 나무구덩이에 빗발이 모여 웅덩이가 되었지만 도롱뇽은 물속으로 뛰어들지 않았다. 웅숭깊은 물을 무서워하는 것 같았다.

백 년 즈음 흘렀을까? 검은 번개무늬 동공과 희고 불어터진 발 갈퀴가 별안간 없어졌다. 레드우드는 암반지대를 건널 수 있다는 송신으로 물을 가져왔다. 이것이 훗날 우드 와이드 웹이라고 불렸지만 그때까지도 도롱뇽은 힘이 쭉 빠진 채로 공중사막이 솟아오르는 것을 바라보고 있었다. 나무꼭대기에 온 이유를 생각하기 위해 죽을 때까지 땅을 밟지 않기로 했다. 그것이 첫 번째 고뇌였는데 더 높은 데로 올라가 좀생이별에 가닿고 싶었다. 조금도 먹지 않고 태고太古적 악룡이 되려 했던 것이다.

사
막
의
노
래

낙타는 용의 몸, 양의 털, 토끼의 코, 닭의 머리, 소의 배, 호랑이의 발바닥, 뱀의 눈, 돼지의 꼬리, 쥐의 귀, 말의 갈기, 원숭이의 허리, 개의 다리를 닮은 동물이란다. 말하자면 십이지간 신이 되지 못한 낙타는 모래폭풍이 부는 밤, 저들이 가진 것을 하나씩 달라고 기도했단다. 그래야 저들이 갖지 못한 사막을 영원히 가질 수 있다고 노래했단다. 기이하게도 목을 축이지 않아도 한 달을 살게 되었고, 지구의 모든 동물이 사막에서 멸종되었을 때, 낙타만이 선인장을 파먹고 살게 되었단다.

*

기린은 목이 길어서 나를 사로잡고, 개미는 너무 작아서 나를 사로잡고, 하마는 입이 너무 커서 나를 사로잡고, 나는 이 독특한 외형을 갖춘 동물을 소재로 시를 썼다. 왜 나를 사로잡는 동물들은 하나같이 매혹적인 이야기를 숨기고 있는가?

나를 위로해 주는 것들

자두와 마법에 걸린
사과나무를
생각함

1.

'옹애'는 자두의 방언. 내가 나고 자란 마을에서는 자두를 '옹애'라고 부른다. 집으로 가는 골목 사이로 자두나무 가지가 나와있다. 경운기나 짐차가 지나가면 손으로 자두를 딸 수도 있다. 때로는 채 익지도 않은 자두들이 골목에 으깨져서 악취를 풍기기도 했다. 말벌들과 나비들이 꿀을 빨다가 바퀴에 깔려 죽기도 했다.

나는 자두가 익어갈 때면 종종 군침이 돌았다. 그렇지만 한 번도 익은 자두를 탐을 낸 적이 없었다. 그 골목집 아줌마가 마녀 같았기 때문이다. 한번은 아랫집과 윗집 아이들이 자두를 서리한 적이 있었다. 자두를 따다가 기왓장이 깨졌고 돌담이 무너졌다. 아이들이 자두나무 가지를 잡아채다가 발을 헛디뎌 벌어진 일인데 자두나무 몸통마저 찢어버렸다. 다들 혼날까 봐 제 집으로 우르르 들어갔지만 아주머니는 기어코 아이들을 말로 나무라지 않았다. 남자아이든 여자아이든 머리끄덩이를 잡아채서 쥐어뜯어 놓기 바빴다. 성난 마녀 같았다. 아무도 말대꾸를 하지 못했다. 자두를 훔쳐 먹은 아이들은 아무도 낮에 벌어진 일을 말하지 않았다.

한번은 담장 바깥쪽으로 나온 가지에 달린 자두가 모두 없어졌다. 누가 또 따간 것이었다. 내가 학교에서 돌아오는데 "네가 자두 따 먹었냐"고 다짜고짜 물었다. 나는 되바라지게 말했다. "아뇨, 전 저번에 아줌마가 애들 혼내는 것 보고 자두나무 근처에도 가지 않아요. 집에 갈 때에도 떨어진 자두를 피해 걷는걸요."

아주머니는 아무 말도 않고 자기 집으로 들어갔고, 나는 학교에서 딴 딱지와 구슬을 가방에서 꺼내놓고 마루에서 놀았다. 이윽고 다리 끝 쪽에 사는 친구가 와서 구슬치기를 하고 있었는데, 아주머니가 노란 자두를 한 바구니 가져왔다. 들녘에서 돌아온 어머니는 '옹애'를 보고 이거 어디서 난 거냐고 물었다.

"저 자두나무 아줌마가 가져다 줬어요. 나보고 '옹애' 먹으래요. 착하대요."

어머니는 뭐가 그리 섭섭했는지 옹애엔 입도 대지 않았다. 나는 집에 놀러 온 아이들에게 모두 나누어 주었다. 훗날 안 이야기이지만 우리 집 누나도 서리를 하지 않았는데 막무가내 '혼'났다고 한다. 그것을 본 어머니는 그 집 아줌마와 대판 싸웠다고 했다.

2.
우연히 자크 루보의 〈마법에 걸린 사과나무〉를 읽게 되었다. 이 동화에도 사과나무를 가진 아주머니가 있었는데 기쁨을 주어야 할 사과나무가 오히려 골칫거리가 되었다. 사과가 익으면 불량배들이 모두 따갔기 때문이다. 하지만 이 아주머니의 심성은 그 누구도 따라오지 못할 만큼 고왔다. 한번은 누추한 노인이 와서 먹을 것을 달라고 하자, 아주머니는 군말도 없이 빵 한 조각을 주었다. 빵을 다 먹은 노인은 아주머니에게 소원 하나를 말하라고 했다. 아주머니는 매번 사과가 도둑맞는 걸 참을 수 없었기 때문에, 사과를 따러 온 사람들이 사과나무에 붙어 내가 떼어줄 때까지 꼼짝 못 하게 해달라고 했다. 이듬해 가을, 사과나무엔 새와 염소, 아이들, 아이들을 떼러 온 엄마와 아빠, 할아버지까지 모두 붙어있었다. 아주머니는 이 놀라운 광경 앞에서 박수를 치며 기뻐하였다. 반성할 때까지 붙여놓고 다시 풀어주었다. 그러자 더 이상 사과를 훔쳐 가는 사람과 짐승은 없었다. 훗날 아주머니를 데려갈 저승사자도 오지만 아주머니의 꾀에 걸려 사과나무에 붙게 되었다. 십 년 동안 눈이 오나 비가 오나 저승사자가 붙어있었다. 아주머니는 저승사자에게 원하는 만큼 살게 해줄 것을 약속받고, 저승사자를 풀어주었다. 그때부터 사람이 참새보다 더 오래 살게 되었다는 이야기이다.

자두나무 아주머니도 자두 따가는 불한당들 때문에 오죽 골치가 아팠으면 동네 사람들에게 저리 행패를 부렸을까? 이런 생각을 갖게 되었다. 하지만 자두를 서리한 아이들을 혼내지 않고 오히려 사랑으로 대했다면 다시는 자두를 따가지 않았을 것이라는, 그런 생각을 해보게 된다. 물론 서리하는 짓은 나쁘다. 절도죄가 될 수 있기 때문이다.

3.

훗날, 대학을 졸업할 즈음 결혼식 예도를 서야 해서 포항에 가야 했다. 열 명을 태운 봉고차가 중부내륙고속도로를 타고 김천을 막, 지나가고 있었다. 한 선배님이 과수원에 세워진 네발

나를 위로해 주는 것들

전동스쿠터를 보면서 말했다. "저거 우리 어머니 건데. 야! 저거 우리 자두밭이다. 서리나 하고 가자!" 우리는 고속도로 갓길에 차를 세워두고 자두밭으로 우르르 몰려갔다. 붉은 자두를 몽땅 땄다. 주먹만 했다. '후무사'였다. 선배님은 어머니를 찾아 불렀고, 우리는 뭐라도 드릴 게 없는지 찾다가 음료수 박스를 가져다 드렸다. "다음엔 자두밭 일손 도우러 오겠습니다." 환대로 먹은 후무사, 철이 들고 난 후의 생각이지만, 후무사는 나의 녹명 정신에 어떤 물꼬를 터야 할지를 자각하게 해주었다.

고통의 아름다움

조무래기 아이들과 함께 코스모스 모가지 꺾으면서 술래잡기 놀이 할 때였다. 길에서 건너가면 논두렁이고, 건너지 못하면 시궁창 냇가에 빠져야 했다. 슬리퍼 신고 멀리 뛰었는데 그만 시궁창의 오물을 뒤집어쓰고 말았다. 척척했다. 냇가에서 뚱딴지 꽃대를 잡고 길가로 빠져나왔다. 진흙과 개구리밥이 묻었고 한삼덩굴에 긁혀서 종아리가 쓰라렸다. 집으로 가는데 집이 멀어 보였다. 오른쪽 슬리퍼가 무거웠고 발바닥이 따끔거렸다. 진흙덩어리가 붙어있는 것 같아 돌부리에 긁어봤다. 떨어지지 않았다. 친구네 수돗가에서 바가지로 물을 떠서 몸을 대충 씻었고 발에도 물바가지를 두어 번 뿌렸다. 아뿔싸, 코

나를 위로해 주는 것들

카콜라 병 조각이 박힌 것이 보였다. 입에 거품이라도 물어야 했지만, 나는 친구의 부축을 받고 집에 왔다.

　누나가 발에서 코카콜라 병 조각을 빼냈다. 소독을 하고 압박붕대로 감아주었다. 두 시간이 흘렀을까? 피가 멈추지 않았다. 바깥에서 아무리 거칠게 놀아도 다치지 않는 것이 나의 자랑이었는데, 아랫집 동생네 가서 가루약을 발랐다. 진물이 나지 않았다. 난생처음 발바닥 째진 것을 바라봤다. 끔찍하면서 무서웠고, 고통스러운데 웃음이 났다. 움직이지 않는 것이 약이라고 했다. 근데 그게 잘 안 됐다. 내일이 외할머니 생신이라고 누나랑 엄마는 방앗간에 주문한 팥떡을 찾아 외가로 갔는데, 나는 그러질 못했다. 산뜻하게 놀고, 맛있는 것도 많이 먹고 싶었는데 그러질 못했다.

　아버지는 '발바닥은 괜찮냐?'고 물어보지 않았다. '이놈의 자식, 앞으로 다치기만 해봐라' 그런 눈빛으로 통박하는 여름밤이 빨리 지나가길 바랐다. 그때부터 아프면 헛웃음소리를 내면서 참는 버릇이 생겼을까?

　번쩍, 하고 쓰라렸던 기억이 다시 떠오른 것은 오른쪽 손가락을 예초기 날에 베인 후였다. 그도 그럴 것이 아버지가 벌초하러 가기 위해서 날을 새것으로 갈고 있었다. 나사가 녹슬어 잘 안 풀린다고 했다. 아버지를 뒤로 물러나게 한 후, 스패

너를 잡고 나사머리를 돌렸다. 잘 돌아간 듯했지만 예초기 날이 같이 돌았다. 오른쪽 새끼손가락 위쪽에 날이 박히고 말았다. 살이 들리고 피가 뿜어져 나왔다. 붕대로 손을 싸맸는데, 피는 멈추지 않고 허연 것이 보였다. 뭐지? 그건 뼈였다.

아버지는 후시딘 연고를 바르면 괜찮을 거라고 했다. 피가 뚝뚝 떨어지는 것을 옆집 아저씨가 보고서 꿰매야 한다고 했다. 아저씨네 봉고차를 얻어 타고 진안의료원에 가서 처음으로 상처를 꿰맸다. 마취도 안 하고 의사선생님이 여섯 바늘을 꿰매주었는데, 잘 참는다고 칭찬을 해줬다. 이렇게 나는 고통의 아름다움을 두 번이나 맛봤다. 흉터는 사라지지 않는 고통의 무늬다. 내가 죽어 살이 썩기 전까지 고통으로부터 영원히 도망가지 못한다.

자석을 찾아서

큰 자석을 가지고 싶었다. 텔레비전 뒤에 붙은 큰 자석, 못이랑 나사, 모든 쇠붙이를 다 잡아당기는 그런 큰 자석을 가지고 싶었다. 한번은 아랫집 친구가 그런 큰 자석을 가져왔는데, 진짜 힘이 셌다. 쇳가루 묻은 것이라면 뭐든지 달라붙게 했다.

  그날은 곧장 집에 가지 않고 자석을 찾아 돌아다녔다. 윗동네 아랫동네 대숲이란 대숲은 모두 쑤시고 돌아다녔다. 대숲엔 텔레비전이 버려져 있었지만 전선이 휘감긴 구리판엔 자석이 붙어있지 않았다. 누가 떼어간 것이었다. 나는 자석을 갖고 싶어 바지가 찢기고 옷이 더러워지는 줄도 몰랐다. 눈썹과 이마가 긁혀 생채기를 얻기도 했다.

3. 오래 달라붙어 있어도 좋을 감촉

자석 생각에 젖은 어느 날 외갓집에 갔다. 외삼촌이 화면의 문을 여닫는 텔레비전을 버리고 컬러TV를 들여놓고 있었다. 그날 나는 버려진 텔레비전을 가져와 분해했다. 일자드라이버를 하나 구해서 나사를 차근차근 풀었다. 텔레비전 뒤편, 구리판에 붙어있는 자석이 보였다. 크고 좋았다. 나는 자석 틈으로 일자드라이버를 밀어 넣고 망치로 툭툭 내리쳤다. 잘못하여 엄지손가락을 때렸다. 피가 났다. 아파할 수가 없었다. 눈앞에 큰 자석이 있었으니까. 그때부터 내가 물욕을 가졌을까.

집으로 돌아오는 날 큰 자석도 함께 왔다. 큰 자석으로 쇠붙이 놀이를 했다. 못이든 압정이든 바늘이든 쇠구슬이든 뭐든 잘 붙었다. 그러던 어느 날, 아랫집 아저씨가 공사장에서 못에 찔렸다고 했다. 녹슨 못가루가 살 속에 있어 다리가 부어오른다고 아랫집 아주머니가 말하는 소리를 들었다. 자석을 상처에 대면 좋다는데, 자석이 있으면 빌려달라는 것이었다.

"코카콜라 병 조각에 발바닥을 찔려 고생하고 있을 때 약도 발라줬는데요."

나는 나직하게 말했다. 주기는 싫었지만 나도 다쳐봤기에, 아저씨가 빨리 낫길 바랐다. 큰 자석을 잊고 지내며 가을운동회를 맞았다. 털레털레 집으로 가는 길, 아저씨가 나를 붙잡았다. "네가 준 큰 자석 잘 썼다, 부기가 잘 빠지더구나!" 아저씨는 나무상자를 하나 주었다. 집에 가서 뜯어보라고 했다.

　나무상자를 열어보니, '자석가베'였다. 나는 별난 아이였는데, 별난 자석을 얻고 소리를 질렀다.

두부

입지 않는 옷과 작아서 못 입는 옷가지를 수거함에 버리고 왔다. 흙비 내리다 말고 눈발 날리다 말고 해가 잠깐 뜬 한낮이었다. 집배원이 등기, 라고 초인종을 누르는 대신 문을 쾅쾅 두드렸다. 우편물을 받고 저 산등성이를 바라보니까 조용히 우거지는 것이 있었다. 초록이 안경알처럼 맑아지는 봄이었다. 두부를 먹으면 불면증을 고칠 수 있다는데, 오늘은 말 한 마디를 하지 않으니, 수염만 잘 자랐다. 늘 한곳에 정신을 놓으면 다른 것을 바라보지 못했다. 두부는 하얀 얼룩일까. 속이 뒤집힌 흰빛일까. 아이의 흙 묻은 신발을 닦아주고 있을 때 전화벨이 울렸다. 넷째누나였다. 두부를 만들었으니, 내일 와서 가져가라

나를 위로해 주는 것들

고 했다. 희고 무른 시간을 두부라고 불러보았다.

*

　외할머니는 두부를 조포造泡라고 불렀다. 조포는 아침과 저녁을 아울러 이르는 말이고, 거칠게 성기게 짠 베이기도 하고, 짚으로 촘촘히 결어서 벼를 담는 데 쓰도록 만든 그릇이기도 하다. 또한 국가의 원수나 유공자, 군인 등의 장례식 때 조의弔意의 뜻으로 쏘는 공포空砲도 있다.

*

　농사철이 끝나면 십일월이다. 한쪽에선 미꾸라지를 잡고 한쪽에서는 두부를 만드는 저녁, 솥뚜껑 위에 기름을 두르고 소금으로 해감한 미꾸라지 한 바가지를 흩뿌린다. 미꾸라지가 잠깐 숨이 끊어질 즈음 두부 세 모를 던져 넣으면, 미꾸라지 떼가 파고든다. 두부가 금 가도록 파고든다. 알몸의 두부가 솥뚜껑 위에서 노릇하게 구워진다. 그것을 칼로 자르면 꽃무늬에 가깝다. 강 이쪽에서는 '추鰍두부'라고 부르고 강 저쪽에서는 '미꾸라지 숙회'라고 부른다.

*

　어머니는 결혼해서 부부싸움을 할 때엔 두부같이 하라고 했다. 모나지 않은 말로 말랑말랑한 언어로, 온화하게 대화하라는 뜻이다. 그게 어디 쉬운 일인가. 두부같이, 사는 것도 나쁘지 않겠다. 인생은 바꿀 수 없지만 삶의 태도를 바꿔나갈 수는 있다. 두부는 새 삶을 준다. 몸과 마음이 희고 단단한 정신을 갖도록 한다. 출소자가 처음 먹는 음식이 두부인 이유도 여기에 있다. 진실하고 아름다운 사람이 되라는 것이다.

알다시피 돼지새끼집을 애저哀猪라고 부른다. 진안은 돼지를 치는 집들이 많았다. 어미돼지가 새끼를 낳고 잘 기른 집도 있지만 어떤 돼지는 제 새끼를 모두 깔아 죽이는 경우도 있었다. 물론 훗날 안 이야기지만, 잔칫집에서 얻어온 음식물 속에 조각 못이 들어있었고, 그것을 먹다가 어미돼지의 입천장과 목구멍에 못이 박혔다고 했다. 이런 이야기를 들을 때마다 나는 돼지 치는 그 사람이 미워진다.

　반면에 돼지새끼를 한 마리씩 받아내는 아버지를 보면, 꼭 저렇게 해야만 할까? 이런 생각이 든다. 아버지는 돼지새끼를 사랑으로 받았다. 밤을 지새우며 돼지새끼를 받았다. 내가 입지 못하는 면 티와 천기저귀로 새끼돼지의 몸을 닦아서 안 방으로 옮겨두었다. 함지박 물통엔 새끼돼지들이 꿀꿀거렸다. 그 분홍빛 맑은 소리, 축축한 주둥이, 말린 꼬랑지, 묶인 탯줄까지. 나는 걸을 때마다 미끄러지는 새끼돼지를 보면서 미끄러지지 말라며 바닥에 옷을 더 깔아주기도 했다.

아버지와 어머니는 그렇게 돼지를 쳤다. 아홉 남매를 겁 없이 길러내면서 새끼돼지를 쳤다. 아무런 죄 없이 먹을 수 있는 것이 있다면 좋았을 것을. 우리 집은 돼지고기를 멀리하였다. 그 대신 콩을 갈아서 먹거나 두부를 만들어 먹었고, 시금자 죽을 많이 쒀 먹은 것 같다.

아버지는 돼지를 대하는 마음이 달랐다. 먹을 것만 주는 것이 아니라 지푸라기를 깔아주기도 했고, 늙은 호박도 썰어 주었고, 돼지감자를 깨서 주기도 했다. 막사를 항상 청결하게 해주었다. 유쾌한 우리 집 돼지들은 잘 빠졌다고 해야 하나. 날 랜 몸을 지녔다고 할 수 있겠다. 그런 돼지들을 팔아서 살림이라도 늘어났으면 좋았을 것을. 나는 애저라는 말에서 어머니와 아버지의 비애를 겹쳐 읽는다.

나는 저미는 슬픔을 드러내지 않고 속으로만 사랑을 품은 말을 애저愛底라고 불러본다. 애저는 더 이상 음식이 아니다. 바야흐로 애저는 무궁무진한 이야기꽃이다. 피지 않아도 되는

데도 피는 이야기꽃이다. 이젠 아버지도 없는데 그걸 어디서
찾아야 하나.

포
대
기

이것은 어린아이를 덮어주거나 업을 때 쓰는 작은 이불이다. 아이가 잠투정을 부릴 때마다 나는 포대기로 아이를 등에 업고 엉덩이를 토닥토닥 두드리면서, 노래를 불러주거나 옛날 옛적의 전래동화를 이야기해 주었다. 나의 등은 따스하고, 아이는 포대기가 감싸주는 온기 속에서 조그마한 숨을 내려놓고 조그마한 몸집으로 잠을 자겠지. 그러나 손가락 힘이 가장 세니까 무엇을 만져볼까 생각하면서 조그마한 손으로 주먹을 움켜쥐면서 잠을 자곤 했다. 처음 가져보는 포대기의 잠, 거기가 아주 맘에 든 것이다.

아이가 이 세상에 온 지 백 일쯤 되었을 것이다. 모세기관

지염이 발견되어 급히 한일병원에 입원을 했다. 링거를 맞아야 하는데 혈관이 안 보여서 발목에 주삿바늘을 꽂아야 했다. 침대에 가만히 누워있어야 링거가 잘 들어가는데 아이가 자꾸 보챘다. 하여 아이를 등에 업고 병실에서 나왔다. 링거를 매단 봉대를 들고 복도를 걸어 다녔다.

아이가 침을 흘리면서 세상모르게 잠을 자는 것을 복도의 창문으로 들여다봤다. 포대기 속에 꽃같이 숨은 아이, 아픈 것도 다 까먹고 입꼬리 맑은 낮잠에 들었다.

아이가 칭얼거릴 때마다 나는 포대기로 아이를 메고 바람도 쐬어주면서 수컷 펭귄이 되어야 했다. 병원에 있는 동안 침대에 조용히 누운 날보다 내 등에서 보내는 시간이 많아졌다. 어쩌면 내 등엔 아이만 볼 수 있는 호수가 있는지도 모른다. 물고기 헤엄도 아직 잊지 않았고 정수리의 숨구멍이 아가미같이 출렁거리고 있었으니까. 아이는 첨벙, 솟구쳐 놀다가 뛰어들고 싶은 호수가 필요했던 것이다. 물의 기억을 잊는 시간을 우리는 왜 백 일이라고 불러야 했는지 그 이유를 알 것도 같았다.

나는 포대기에 아이를 업어 재우면서 책을 봤고 서서 시를 쓰곤 했다. 아이의 새까만 눈썹으로 세상 모든 순한 것이 모여드는 새벽, 일정하지는 않지만 그래도 일정하게도 아이가 잠에서 깨어나기 전까지 시를 썼다. 한 번도 아이 때문에 시를

멀리한다고 생각하지 않았다. 아이는 내게 책과 더 가까이 할
수 있는 기적을 주었다. 나는 포대기에 아이를 업고 재울 때마
다 시어를 토닥토닥 달랬다. 상념마저 달랬다. 무엇인가를 어
르고 달래며 재우는 일, 그것은 한 편의 시 쓰기와 같았다. 등
속에 아이의 잠을 넌다는 말, 그건 아비의 노래였다. 걸핏하면
화를 냈던 내가, 질투심 많았던 내가, 불안감에 젖었던 내가,
이제 보이지 않게 되었다.

내 인생의 축복

칠월의 마지막 주말은 산정호수의 보트를 타면서 더위를 달랠 수가 있었다. 아이가 오리배를 타고 싶다고 해 그러자고 했다. 수동 페달을 굴리며 오리배를 타는 사람들은 곤혹스러워 보였다. 하여 우리는 전동 오리배를 골랐다. 한 시간 남짓 해를 피해 산 그림자가 잠긴 물가 쪽으로 다녔다.

"나 죽을 지경이다. 우리도 전동 오리배 탈걸!"

"세상에나 무슨 일이 있었던 거야? 내 어깨 좀 봐. 빨개."

폭염주의보 내린 날씨, 속수무책으로 제 인내심과 정신 상태를 드러낸 사람들을 보니까 나를 안온하게 해주는 효과가 있었다. 해가 금방이라도 얼굴 한쪽을 집어먹을 기세였지만 우리 가족은 달랐다. 신크림을 듬뿍 발랐고, 구명조끼를 입고 있어 땀을 조금 흘렸지만 우리는 질문을 하면서 물고기에 대해 이야기를 했다.

"서진아, 저기 좀 봐, 물고기들도 더운가 봐. 그늘 쪽으로 와있다. 잉어가 있네."

"어, 진짜네요. 아빠, 여기엔 피라냐와 전기뱀장어는 없겠지요?"

"호, 그것 아주 공포스럽게 들린다, 소름 돋는다!"

"엄마, 깊은 곳은 무슨 일이 생길지 예상할 수가 없어요."

"그런데, 물이 진짜 파랗다. 뭐 나올 거 같다!"

"아빠, 나무 쪽으로 가지 마요. 진드기에 물리면 죽는대요."

"에구 부딪칠 뻔했네. 이제 아까 왔던 곳으로 가야겠다."

전에 없던 상쾌한 바람이 불었다.

"어머, 비 떨어진다. 소나기인가 봐!"

"아빠, 꽤 괜찮은 풍경이에요. 근데 이제 배고픈데, 집에 가기 전에 뭐 먹을 거예요?"

"너 먹고 싶은 거!"

"이것이야말로 진정한 아름다움이네요!"

"서진아, 고맙다. 산정호수에 와서 오리배 타자고 해서."

나를 위로해 주는 것들

도대체 내가 이 진정한 아름다움을 어떻게 알 수 있었겠는가. 나는 기뻐서 어지러웠고 매우 장난스럽고 친근한 아들은 재밌거리를 만드는 특별한 재주를 지닌 것 같다. 내 인생의 축복. 도대체 이 아이는 어디서 왔는가?

팽이에 대하여

우리 집에는 베이블레이드 팽이박사가 산다. 상자엔 백 개가 넘는 팽이가 있지만 부수고 고치고 개조하고 새로 조립한 팽이들이 한쪽 공구함에 있고, 새롭게 탄생한 팽이들은 작은 상자에 담겨있다. 그것은 스무 개 정도다.

탁탁탁, 작은 망치로 디스크랑 드라이버를 만드는 아이, 팽이가 잘 돌고 힘이 받도록 신형 팽이를 만들어 보는 것이다. 기껏 좋아하는 것이 팽이지만, 서랍에서 놀고 있는 작은 나사와 단추, 클립과 레고, 톡톡 블록과 장난감 타이어와 스피노의 베어링으로 아이는 팽이의 드라이버를 새롭게 만들어 낸다. 가히 놀라운 손기술이다. 나는 팽이를 부순다고 나무라지 않는다. 마음대로 분해하고, 고쳐보고, 조립해 보라고, 시도하지 않은 것을 해보라고 칭찬한다. 판 위에서 돌아가는 팽이들이 서로 회전하면서 공격과 방어를 어떻게 하는지, 아이는 그 힘이 드라이버에서 나온다고 말해준다. 드라이버가 죽은 팽이도 되살려 낼 수 있는 저승사자란다.

다양하게 팽이 돌리는 법을 알아보는 아이, 어떤 팽이는 바깥에서 중앙으로 들어오는 힘을 가졌고, 어떤 팽이는 중앙에서 바깥으로 밀어내는 힘을 가졌다는 것을 일러준다. 나는 좌회전 팽이와 우회전 팽이를 구분하지 못하는데 아이는 팽이를 타고, 팽이의 끝을 알기 위해 완전하게 박살 내는 과정까지 팽이를 돌린다. 돌리면서 흩어지는 것과 흩어지는데 가운데로 모이는 팽이의 부품을 관찰한다.

나는 매일같이 책상 위에서 빙빙 돌고 있는 팽이. 무엇인가에 부딪쳐도 팍, 깨지고 싶은 팽이인데, 깨져도 다시 완벽하게 조립될 수 있는 팽이이고 싶은데, 나에게도 신형 드라이버가 필요하다. 어떤 사물에서든 드라이버가 될 부품을 뽑아 올리는 아이같이, 나도 생각이 자유로워져야 하는데. 깨질 일이 많아졌으면 좋겠다고, 아이의 팽이를 보면서 생각한다.

알다시피 시는 잘 깨져야 하고, 난도질에도 무늬를 내줘야 하며, 불에 타도 연기의 그림자를 온전하게 담아낼 질그릇이어야 한다.

아이는 신형 베이블레이드 팽이가 나올 때마다 나를 끌고 상점에 간다. 나는 팽이가 하는 일은 모르지만 팽이를 돌리면서 시가 되는 세상은 알기에, 아이에게 기꺼이 지갑을 연다. 내가 쓰는 글은 지금 팽이 돌리는 자 곁에 있으니, 나는 무던하게 아이의 침묵 속으로, 물리적이면서 심미적인 팽이 속으로 빨려 들어간다. 그래도 팽이는 팽이판 위에서만 죽으니까. 흠집으로 가득한 팽이와 팽이판, 아름다운 구도란 이런 것이라고 일러준다.

고슴도치, 그 아름다운 것

우리 집에는 고슴도치 한 마리가 산다. 아내의 사촌이 우리 아들에게 선물로 준 것이다. 물론 아이가 마구 졸라 얻어 온 것이겠지만, 나는 고슴도치를 삼십 년 만에 다시 본 것이었다. '어디서 봤더라?' 아, 밤나무골, 고슴도치! 회색 가시가 함함하게 아름다웠지만 놓치고 말았던 고슴도치. 뻔한 이야기 같겠지만 아름다운 것은 따로 있는 게 아니라 일상생활에 숨겨져 있다.

나는 고슴도치 키우는 법을 모른다. 모름지기 몰라야, 저 고슴도치를 잘 키울 수가 있다는 마음이 생긴다. 고슴도치는 식충동물. 귀뚜라미나 지렁이를 먹이로 줘야 한다. 맹장이 없어서 식물을 많이 먹으면 설사를 한다. 아무튼 남들은 키우기

쉽다고 말하는 고슴도치가 거실에 들어와 있으니, 나만 일이 많아지고 분주해지는 것 같다. 매일매일 물 쥐야 하고, 집도 청소해 줘야 하고, 때맞춰 밥 줘야 하고, 아무튼 고슴도치 때문에 온 가족의 눈길이 저절로 모아진다.

고슴도치는 땅굴 파는 것과 풀과 짚으로 집을 꾸미는 것을 좋아한다. 야행성인데 잠을 무려 열여덟 시간이나 잔다. 고슴도치는 제 감정을 솔직하게 드러낸다. 아프면 머리를 흔들거나 서있지 못하고 빙빙 돌거나 몸에 상처를 낸다. 근무력증이 가장 무서운 병이라고 하는데 그 병에 왜 걸리는지, 그건 고슴도치에게 물어봐야 한다. 하지만 나는 고슴도치의 언어를 모르니까 그냥 지켜볼 수밖에 없다.

고슴도치를 위해 나는 징그러운 벌레를 손으로 만져야 했다. 귀뚜라미와 지렁이가 바로 그것이다. 초등학생 때엔 두려운 것도 없어 뱀도 손으로 잡아 빙빙 돌리고 놀았지만 지금은 "아빠는 겁쟁이"라고 놀림을 받는다. 고슴도치는 순간의 평온, 생기 있는 코와 수염, 찌릿찌릿한 심장 소리, 맑고 사랑스러운 가시, 장난기 가득한 눈동자를 지녔다.

귀뚜라미를 많이 먹여서 고슴도치가 뚱뚱해졌다. 잘 움직이지 않아 아내의 사촌에게 전화했더니, 고슴도치는 운동도 시켜줘야 하고 산책도 시켜줘야 한다고 나를 나무랐다. 나는 급히 작은 미끄럼틀과 터널을 만들어 주었다. 새벽 한시경에 보니까 고슴도치는 미끄러지고 휘리릭 터널을 오가면서 몸으로 이야기를 하고 있었다. 나는 생물학자가 아니지만 그 이야기를 들어줄 눈과 귀가 생겼다.

"오늘 터널과 미끄럼틀을 만들어 줘서 고마워! 내일은 산책 나가자."

나는 꿋꿋하게 석 달 동안 고슴도치와 끝나지 않는 대화를 하면서 북한산 둘레길을 걸었다. 고슴도치를 바위 많은 산길에 풀어놓고 어떤 행동을 하는지 지켜보는데, 양치식물 쪽으로 들어가 영영 나오지 않았다. 어디선가 "고마워, 나의 자연으로 돌려보내 줘서" 이런 소리가 들렸다. 나는 영원히 지속될 수 없는 것이 삶이라는 것을 알았기에 고슴도치를 찾지 않았다. 고슴도치의 여정에 끝까지 함께하는 것은 고슴도치밖에 없으니까. 집으로 돌아오는 길, 아이에게 뭐라고 말을 해야 할까? '고슴도치가 우리랑 살면 이 년밖에 못 살고, 저 산에서 살면 십 년이나 살 수 있다'고 말해줘야 할까?

집에 오니까, 빈 상자를 본 아이가 먼저 말한다. "아빠, 고슴도치는 짝이 있어야 잘 산대요. 산속에 풀어주고 왔어요? 정말 잘했어요."

아이가 세상 이치를 안다는 것이 신기했다. 이 모든 것이

고슴도치를 키우면서 일어난 일이다. 내가 아이에게 해줄 수 있는 건 북한산 산모롱이를 같이 걸으면서 본능적으로 고슴도치를 발견하는 일밖에 없다. 산길이 어디에서 끝날지 모르니까 여기도 보고, 저기도 봐야 한다. 어릴 적 밤나무골에서 본 그 아름다운 것이 툭, 하고 굴러 나올지 모르니까.

나를 위로해 주는 것들

불곰과 버드나무의 애니미즘

저녁 해 떨어지기 전까지 산정호수를 세 바퀴나 돌았다. 봄이
니까 꽃가루에 뺨도 맞고 눈도 비비고 땀도 흘리고, 하후, 하
후, 잠시 뛰기도 했다. 그러던 중 망할 놈의 다래끼가 찾아왔
다. 그런데 저 꽃가루 휘휘 날리는 버드나무를 보고서, 버드나
무는 게으름과 공격성 그리고 둔한 흥분을 가지고 사는 불곰
이 아닐까 하는 생각이 들었다. 버드나무는 물에 잠기면 썩을
수 있는 육체가 아니었다. 두꺼운 뿌리로 물 아닌 것과 부레 달
린 것을 추리며 털갈이의 고비를 한 번 더 넘어가는 슭곰* 같았
다. 고개를 돌리면 어디에나 있어야 할 석청이나 목청이 있겠
지만, 마주 잡을 수 없는 곰발바닥이 없으니, 버드나무는 곰의

영혼이 찾아올 때까지 몸이 썩으면 안 되니까 잔털 뭉텅이 싹으로 위장하고 있는 것인지도 모른다.

　나는 버드나무를 끝없이 바라보면 불곰이 보여주는 말과 표정을 읽어낼 수 있다. 그건 생명의 신비를 잘 느끼는 사람이라면 가능한 일이다. 영원을 향해 기어가면서도 저 버드나무는 뚱뚱해서 눈부시고, 더덕더덕 붙은 고독으로 스스로 불곰인지 불러보며, 얼굴을 바꾸고, 몸과 발그림자를 바꾸고, 물의 세계를 성성하게 비추며 사는 것이다. 그래서 버드나무가 저녁마다 불곰으로 몸을 바꿔 움직인다고 해도 도망가진 않을 것이다. 바로 첨벙거리는 소리 때문에 금방 눈에 뜨일 테니까. 저 불곰의 말을 알아듣기 위해서는 내적 아름다움을 볼 수 있는 눈을 가져야 한다. 더 나아가서 몰두와 직관으로 존재의 일부분이 아닌 완전히 깨어나 있는 침묵이 곰의 언어임을 알아차려야 한다.

　저 불곰나무는 나에게 이리 와서 물결을 보고 가지에서 피는 물결을 만져보라고 말한다. 나는 불곰이 영원히 머무는 것이 아닌 봄밤에 잠깐 머무는 것이라고 생각했다. 봄밤에 태어난 불곰, 노곤해도 쉽게 잠들지 못했다. 제 발목에 호수가 또 하나 생기면 무지갯빛 영혼이 다녀가니까.

　나는 한눈팔아야 볼 수 있는 불곰의 영혼을 바라봤다. 그

나를 위로해 주는 것들

영혼, 머물 만한 자리가 꽃자리일까? 물결만이 풀리고 열린 봄 밤과 함께 굴렀으며, 서로 누구인지 모르면서 피를 섞고 있는 버드나무와 불곰이 태연했다. 그날 나는 그냥 서있는 것과 없는 것 사이에 있을 아름다움을 연결하는 힘, 애니미즘의 세계에 가닿은 것이다. 고고학적 감각으로 살아있는 것들의 세계로 계속해서 파고들어 가고 싶다.

*   큰곰의 옛말.

살아있는

것들의

안부를 묻다

달밤에 반응하는 것들

칼새를 아푸스apus라고 부른다. 다리가 없다는 뜻이다. 칼새는 땅에 얽매여 살아가지 않는 유일한 새다. 땅을 밟을 때라곤 고작 둥지를 틀 때밖에 없다.

40그램의 작은 새, 바람과 날벌레만 있다면 약속의 하늘에 도달할 수 있다. 버러지! 이를테면 나방, 잠자리, 파리, 벌 혹은 메뚜기 떼를 만나기 위해 날아간다. 공중에서 버러지를 만날 확률은 불확실하다. 그런데 칼새는 달을 읽는 천문학자, 달빛에 반응하는 곤충 떼가 돌연 솟구치는 게 아니라 필연으로 앞에 가게끔 지구의 반대편에 있을 악천후까지 내다본다. 믿을 수 없겠지만, 믿어야 한다. 칼새는 언제 비가 왔는지, 구름

1
9
0

나를 위로해 주는 것들

이 젖어있는지, 그런 날씨를 저 버러지를 통해 안다는 것이다. 달빛에 반응하는 버러지가 없다면 칼새도 없는 것이다. 달 뜨는 밤에 날고, 먹고, 사랑을 하고, 달빛 한 점 묻히지 않고, 날아간다. 그런데 칼새는 진흙으로 빚어진 몸인데 왜 땅을 밟지 않는 것일까?

*

오늘은 좋은 풍경이 아닌 삶이 찢기는 풍경을 응시했다. 흰 꽃잎 휘날리는 대호만에서 작살잡이가 산란기의 붕어들을 작살로 찍어 올리는 것을. 저 작살잡이의 삶이 야만스럽게 느껴졌다. 대호만 검은 물길이 짐승의 눈동자 같다는 생각을 하니까 금세 물 위의 소금쟁이 떼가 날개를 접었다. 그런 저녁은 푸른빛이 잔잔해서 좋았다. 물너울을 일으켜 세우는 소리, 개구리의 울음이었다. 달은 물속에서 옅은 어질머리로 출렁했다.

알을 낳기 위해, 붕어들은 온 힘을 모은다. 물기 없는 진흙 늪에 가닿기 위해 지느러미를 일으켜 세운다. 하나의 숨결로부터 아가미를 매달고 물의 기억을 지우는 붕어들, 오직 진흙에 들기 위해 몸을 부비는 것이다. 낮에는 들리지 않는 소리, 죽음이 수직으로 오는 것도 모른 채로 알을 낳는 붕어들. 가장

안전한 곳이 달의 초록빛과 물너울과 진흙이 드잡이하는 곳인 줄 알았을 것이다.

물에 잠긴 꽃잎들이 뒤범벅이다. 달이 드럼통처럼 굴러가는 봄밤이었다. 그때 작살 끝에 눈이 달린 것도 아닌데 어김없이 던지는 곳마다 아가미의 큰 숨을 끌고 나온다. 사나흘 동안 꽃 핀 나무들이 죽어가는 것처럼 끌려 나온다. 붕어는 이 대호만을 떠나려야 떠날 수가 없으니, 달빛 처바르고 있는 가장자리 늪이 오래 더러워지면 좋겠다.

*

월명기月明期. 오징어, 갈치, 고등어는 달이 너무 밝으면 수면 깊은 곳으로 내려간다고 한다. 달과 밤물결과 내통하는 저 시간 때문에 뱃사람들은 잠시 숨을 고른다. 정치망 그물에 아무것도 걸리지 않기 때문이다. 또한 해월海月이라고 불리는 해파리 떼가 꽃잎처럼 출몰하기 때문이다.

해병대 1사단, 야간 경계 근무 때의 일이다. 손전등을 켜지도 않고 해안 절벽 길을 걸었다. 달이 떠올랐을 뿐인데, 낭떠러지와 소나무숲이 짙푸른 물굽이를 등진 것처럼 보였다. 길은 완전히 막힌 것 같았으나 길이 끝났다고 하는 곳에서 다시

나를 위로해 주는 것들

길이 나있었다. 출렁거리는 것은 파도가 아니라 달빛이었고 깎아지른 벼랑도 상처 없이 그냥 푸르렀다. 이따금 정신 차리면 나는 달에 홀려가는 짐승이 된 것만 같았다. 어느 날은 돌부리에 차여 굴렀지만 다친 데는 없었다. 신기하게도 달이 내 몸을 둥글려 준 것만 같았다.

그날 이후, 나는 달 뜨는 곳에서는 숨을 곳이 없다는 것을 알게 됐다. 오만 잡것들이 풀숲더미에서 조용히 꿈틀거리는 것도 달에 뎄기 때문이다. 달의 샘을 가진 달맞이꽃 피면 파랑치던 물결이 멎고, 바다에도 비단길이 열린다는 말을 돌무더기처럼 잊고 살았다. 달은 진흙머리였다가 온순한 맨발이었다가 물새의 얼굴이었다가 눈먼 고인돌이 되기도 했다. 그렇다. 달은 변신의 귀재였다. 오래 더럽혀져도 달은 노랗게 맑은 달이다. 달빛은 왜 자질구레한 것들을 좋아하는지 묻지 않았다. 어쩌면 영혼이라는 말은 저 달에서 나왔을 것이다. 그러나 달은 물질이 아니므로 삼키지는 말자. 목구멍으로 넘어가지 않는다. 저 빛이 미늘이다. 한 번 꿰이면 평생 노숙의 몸으로 살아야 한다. 물고기 아가미가 꽃잎같이 붉은 것도 이런 까닭이다.

야명조와 때까치

1.

다짐은 너무 중요해서 쉽게 잊히나 봅니다. 히말라야 설산에 '야명조夜鳴鳥'라는 새가 있습니다. 그 새는 낮엔 볕을 쬐며 놀고, 밤엔 몸 누일 둥지가 없어 다른 새의 둥지에 여우살이 하면서 밤새 부리에 쪼이며 면박을 받는다고 해요. 그 새는 면박받는 것이 서러워서 '내일이면 집을 지으리라' 밤부터 아침이 올 때까지 노래를 부르면서 다짐을 한다고 합니다. 그러나 그 다짐, 햇볕의 따스함에 젖어 다시 잊어버리고 논다고 합니다. 달 점점 차가워지는 밤이 되면, 야명조는 '내일은 꼭 집을 지으리라' 또 통곡의 노래를 부릅니다. 그렇게 평생 설산에 집을 짓지

나를 위로해 주는 것들

못하고 떠돌이 생활을 하게 되지요.

*

나도 한때는 '야명조'였죠. 잘하는 것이라곤 물수제비! 뜨는 일. 돌팔매질. 그런 쓸모없는 것 따위나 잘했습니다. 아 참, 밥 먹는 일과 오줌 누는 일과 라디오를 듣는 일. 그런 것을 좋아했던 것 같습니다. 시 써야 하는데, 시를 써야 하는데, 어떻게 써야 하는지, 잡생각만 했던 것 같습니다. 밤새도록 날밤만 새는 것을 좋아했던 것 같습니다.

2.

때까치는 몸집이 작은데, 사냥을 아주 잘합니다. 잡은 먹이는 아까시나무와 탱자나무 가시에 꽂아둔다고 해요. 첫서리가 내리면 때까치는 하루도 빠짐없이 사냥을 나갑니다. 겨울을 준비하는 것이죠. 뱀과 물고기와 쥐를 하늘 가까이 있는 가시에 꽂아 번제를 올리는 것이지요. 때까치는 자기도 모르는 직관의 힘을 믿는 것 같습니다. 사냥에는 자비가 없지요. 그러면서 자기 부리를 깃에 닦으며 '어떻게 살아야 하는가' 생각하겠지요. 성실히 삶을 살아간다는 것에는 무자비한 악마성이 숨겨져 있다는 생각이 듭니다. 그런데 그 악마성이란 매 순간 다른 것을 보기 위한 눈동자인가 봐요. 때까치가 사냥을 할 때 약동하는 힘을 나는 시를 쓸 때 느낍니다.

*

때까치가 소나기 지나간 냇가의 가장자리에서 물고기를 잡는 것을 봤습니다. 흙탕물에서 파동을 느꼈을 겁니다. 나도 흙탕물 가장자리에 낚시를 던졌는데, 던지자마자 큰 물고기를 잡았습니다. 큰 놈은 깊은 데가 아니라 가장자리로 다닌다는 것을 그때 알았죠. 훗날 안 것도 있습니다. 산란기의 물고기들은 가장자리, 물기 없는 곳의 땅에 올라와 알을 낳는다는 사실을. 그것도 작살에 찔려 죽을 줄 알면서도, 뭍으로 올라온다는 것입니다. 악마적인 집요함으로요.

3.
내 몸속엔 야명조와 때까치가 삽니다. 이것들은 잠시 왔다 가는 것은 아니지만 계속해서 내 핏줄과 피를 가렵게 했고, 내 몸만이 이것들을 다루는 법을 압니다. 별것 아닌 이것들이 글쓰기를 대하는 자세를 예시적으로 보여준 것입니다.

나를 위로해 주는 것들

꿩알

저수지 물빛에 홀려있었던 것은 아닌데 나는 파랑 물귀신이 가득한 저수지엘 간다. 뽕나무 한 그루와 아까시나무 세 그루, 다래나무 한 그루는 저수지를 내려다본다. 아참 으름덩굴이 꽃등을 매다는 늦봄이다. 덤불더미에서 까투리가 알을 품고 있을지도 모른다.

고사리도 패고 고비도 패면, 물풀도 푸르러진다. 그날도 저수지 근처를 걷고 있었는데 까투리가 내 이마를 스치며 날아갔다. 화들짝 놀란 것은 까투리였지만 뒷걸음치는 것은 내 그림자와 발자국이 먼저였다.

잔풀더미를 헤쳐보니까 열두 개의 알이 푸르스름했다. 그런데 나보다 먼저 물뱀이 알을 삼키려고 온 것이다. 나는 막대기를 하나 들어 후려쳐 물뱀을 죽였다. 어쩔 수 없었다. 저 물뱀이 이 모든 알을 삼켜버리면 장끼 목덜미에 숨어 사는 봄산도 볼 수 없고, 무엇보다 파밭에서 울고 있는 어머니를 위해 추임새 넣어주는 저 고수, 까투리의 울음을 들을 수 없었기에. 나는 물뱀을 죽여 저수지로 냅다 던져버렸던 것이다.

간식거리가 없었던 시절, 어머니는 저 꿩알을 주워 와 내게 삶아주려고 했지만, 삶아지지 않는 것이 이상하다고 했다. 알을 깨보니까 꿩알 속에서 부리가 돋아났다는 것이다. 초봄이면 어머니는 꿩알 주워 오지 말라는 이야기를 하신다. 십 수년 전의 죄책감을 잊지 않고 있었던 것이다.

이 꿩알 앞에서, 나는 아이에게 꿩알이 부화하기 시작하면 세상에서 가장 단단한 돌멩이가 된다고 일러줬다. 이 돌멩이가 숨을 들이쉬고 내쉬면, 이쁘지 않은 것이 생긴다고 했다. 꿩의 새끼, 꺼병이가 나온다고 아는 체를 했다.

집으로 돌아오니까 어머니께서는 족파를 다듬고 있었다.

"거기, 꿩알 없던?"

"안 그래도 어머니가 밭에서도 울고 산에서도 운다고, '고수'가 없으면 '소리꾼'이 심심하다고 내가 그 꿩알, 지켜주고 왔네요."

그나저나 올봄부터 늦가을까지 추임새 넣으려면 잘 먹어야 하는데, 저수지 밭이랑엔 콩을 갈아야 하는데. 꺼병이가 가장 좋아하는 것이 떡잎이니까.

거미와 잠자리채

저 공중이 백지라는 것을 거미는 어떻게 알았을까. 징그럽지만 몸의 무늬가 기이하게 아름다운 거미. 여덟 개의 홑눈으로 세상을 바라보면서 여덟 개의 다리로 제 몸이 울림통이 될 때까지 공중을 걷는다.

여름방학, 나는 곤충채집을 위해 잠자리와 매미, 사슴벌레와 나비를 잡으러 다녔다. 가장 잡기 어려운 것은 산제비나비였다. 검파랗고 아스라이 붉은빛을 가지고 있어 신묘한 저승사자, 산제비나비. 그것을 잡고 싶었다. 하지만 잡아도 문제였다. 날개를 엄지와 검지로 집으면 가루가 많이 묻었다. 문양이 망가져서 상품 가치도 떨어졌다.

나를 위로해 주는 것들

내겐 튼튼한 잠자리채가 없었다. 때마침 여름방학이라고 동네엔 도시에서 온 아이들이 많았다. 각자의 할머니 댁에 놀러 온 것이다. 나는 잠자리채를 가진 아이들을 부러운 눈으로 쳐다보곤 했다.

오종종 모여 잠자리나 매미를 잡으려고 동네 골목길을 누비고 다녔다. 고추잠자리나 참매미, 왕매미를 잡으면, "와와, 나 주라, 응? 나 주면 안 돼?" 사방에서 몰려들었다.

때마침 잠자리채를 들고 온 어떤 형은 당당했다. '저 촌뜨기 녀석보다 나는 더 많이 잡을 수 있다'는 생각을 하면서. 그런데 정말 잠자리채는 위대했다. 망이 크고 입구가 넓으니까 채는 족족 잠자리가 망 속으로 들어왔다. 나는 허탈했다. 나보다 더 잘 잡을 수 있다니!

집으로 돌아와 마루에 앉아있는데, 어머니가 왜 그렇게 기가 죽어있냐고 물었다.

"왕잠자리를 잘 잡고 싶고, 저 산제비나비도 잡고 싶어서요."

"저, 거미집 봐라!"

나는 아하, 하고 무릎을 절로 치게 됐다. Y자 긴 막대기를 찾았다. 동네 골목을 걸어 다니면서 처마 끝에 걸린 거미집을 모조리 걷어 돌돌 말아 왔다. 거미집의 재발견이었다. 거미

줄은 빽빽하게 뭉치니까 붙을 것 같지 않은 것도 붙을 것 같았다. 전봇대에서 울고 있는 풀매미와 호좀매미에게 갖다 대었더니, 찰싹 붙었다. 나리꽃 위에서 춤 추는 산제비나비까지 낚아채 보았다. "야, 이거 최고다!" 양쪽으로 펴진 우아한 날개가 딱, 붙어 발버둥 쳤다. 중력이 파동으로 바뀌는 장면이 내 눈앞에서 생생하게 펼쳐지다니!

다음 날 아침 나는 곤충채집의 왕이 되어있었다. 서울에서 온 그 형이 잠자리채와 거미집채를 바꾸자고 했다. 나는 "싫어!"라고 이야기했지만 솔직히 바꾸고 싶은 마음이 컸다. 대신 거미집채로 잠자리를 잡아보게 해주었다. 그 형은 어렵지 않게 잠자리를 잡았다. "야, 이거 되게 신기하다." 형은 호시탐탐 내 거미집채에 추파를 던졌다.

"나, 아직 못 잡아본 게 있거든? 먹줄왕잠자리랑 말매미 잡고 내일 바꾸자!"

나는 거미집채를 들고 공사장 뒷길을 돌아 저수지로 갔다. 부들군락에서 먹줄잠자리 세 마리를 잡았다. 곤충상자에 넣고 집으로 돌아오는데, 공사장 고욤나무에서 말매미를 보았다. '저것만 잡으면, 매미 종류는 다 잡았다.' 뭔가 홀린 기분으로 공사장 폐자재 쌓인 곳에 올랐다. 거미집채로 재게 말매미를 붙였다. 높은 곳을 좋아하고 누가 옆에만 있으면 울음을 끊는 말매미. 나는 조심히 잡고 내려온다는 것이, 허방을 밟아 넘어지고 말았다. 발뒤꿈치에서 피가 질질 샜다. 각목에서 튀어나온 못에 찔린 것이다. 아버지께 야단맞을 생각을 하니까 겁이 났다.

집으로 돌아와 핀으로 말매미를 꽂아놓고 발뒤꿈치를 살펴봤다. 안티푸라민을 발라도 소용이 없었다. 결국 발이 붓자 어머니는 문틈에서 납거미를 잡았다. 황토벽이라 납거미가 방자리와 벽에 붙어서 살고 있었다. 어머니는 쇠에 찔리거나 쇠붙이에 다친 피가 그치지 않으니 거미 즙을 발라야 한다고 했다. 다섯 마리 납거미를 죽여 그 즙을 상처에 발라두었더니 아침엔 붓기가 빠졌고 피가 멈춰있었다.

그때부터 내 몸엔 거미의 피가 흘렀고, 손가락과 몸이 자주 결릴 때마다 핏속의 거미가 움직이고 있다고 믿었다. 하지만 거미 인간은 되지 못했다. 다만 내 핏줄의 끝, 절벽에서 거미가 집을 짓고 있을 때, 나는 말을 달라붙게 하는 시를 쓴다. 늦은 밤까지 백지 거미집에서 연필심을 굴렸다. 거미는 목 꺾어 잠들지 않는다는데, 나는 내 피가 왜 가려워지는지 조용히 생각한다.

소리통, 그 이름은 멱

내 고향 진안에서는 초상이 나면 돼지를 잡았다. 가마솥엔 물을 길어 와 부어 넣고 군불을 때고, 수돗가엔 다리 묶인 돼지가 숨을 몰아쉬면서 똥오줌을 싸질렀다. 애면글면 오함마를 들고 온 노인과 잘 갈린 칼을 가지고 온 노인들이 담배를 빨아재끼며 '호상好喪'이라고 말했다. 앞니도 빠지고 어금니도 온전치 않은 노인들이 모여서 환담을 나눴다. 뭐가 그리도 즐거운 것일까. 열한 살, 나는 엿보지 말아야 할 것을 훔쳐보고 말았다.

오함마로 돼지의 주둥이와 이마를 때렸다. 돼지는 혀가 말리도록 울음을 뱉었다. 분홍 돼지는 소리통이란 멱에서 피가 모이도록 발버둥 쳤다. 그때 호상護喪*은 칼로 멱을 쑤셨다.

나를 위로해 주는 것들

좋은 날씨는 아니었다. 그런데 피와 거품과 목소리가 콸콸 쏟아졌다. 칼은 더 깊게 들어갔다.

뭔가 더 쏟아질 게 있다는 듯이. 조금 지나면 숨이 끊어질 것 같은데 저승사자가 다가오는 것인지 멀어지는 것인지 알 수 없었다. 호상은 곤핍한 상주를 대신해서 상하지 않는 피순대를 만들고 돼지고기를 삶았다. 또한 화전민이 아니었지만 한겨울 마당을 밝혀줄 화로에 숯불을 내기도 했다.

저녁내 덜컹거리는 솥단지, 돼지머리는 깔깔 웃으면서 뭉개져 있었지만 속눈썹이 깜빡거리는 것만 같았다. 초상이 나면 왜 돼지는 몇 번이고 죽어야 하는 걸까? 왜 소름 끼치도록, 노인들은 생간을 씹지 않고 삼키는 걸까? 나는 왜, 뭐가 좋다고 피순대를 집어 먹고 입술만 달싹거렸을까? 그날 밤, 나는 죽음이 어떻게 오는지 궁금해하는 사람이 되고 말았다. 저기서 우는 사람이 고모인지 검고 푸른 그림자인지 묻고 싶었지만 다음 날에도 학교에 가지 않아 좋았다.

먹을 것이 삼 일 동안 계속 생겨서 할머니께 갖다드렸다. '소리통, 그 이름은 멱', 단 한 줄만이라도 아름답게 말하고 싶었는데, 할머니는 기름져 고소한 피순대만 집어서 오물거렸다.

---

* 　초상 치르는 모든 일을 책임지고 맡아서 하는 사람. '호상차지護喪次知'의 준말.

4. 살아있는 것들의 안부를 묻다

2
0
5

돌나물

어머니는 돌나물을 먹지 않는다. 그것도 큰 바위 위에서 자란 돌나물은 멀리하라고 했다. 돌의 피를 먹고 자란 돌나물을 먹으면, 피부가 돌처럼 새까매지고 심장이나 뇌에 돌이 생겨 죽는다고 했다.

피앗골 큰 바위엔 돌나물이 번지고 있었다. 돌나물이 바위 옆구리에서 돋아 자랐는데, 어느새 큰 바위를 덮어버렸다. 그 이후로 큰 바위는 더 이상 크지 않는다고 했다. 시집와서 본 열아홉 살의 큰 바위는 미수가 코앞인데 그대로 큰 바위라고 했다. 바위가 쩍쩍 갈라질 기세인데 돌나물이 뿌리로 얽어놓은 것만 같았다.

나를 위로해 주는 것들

돌나물을 먹고 싶으면, 황토 밭두렁에서 자란 것만 먹으라고 했다. 지렁이 없는 땅은 죽은 땅이라고, 돌나물도 돌나물 나름이라고 했다. 사람 살리는 돌나물은 모두 황토 흙에서 자란 것이라고 했다.

아버지가 돌아가시고 새봄이 왔다지만, 어머니의 삶은 적적하셨나 보다. 산비알 밭에서 대파 뽑으면서도 울고, 참깨와 들깨를 옮겨 심으면서도 운다기에, 나는 한 달에 두 번 서울에서 진안을 오갔다. 하지감자도 놓고 고구마도 앞밭에 두 고랑씩만 놓으라고 했는데, 고추도 심었다. 수수와 팥도 심고 고들빼기 씨도 뿌렸다고 했다. 가을엔 마늘도 심는다고 했다.

늦봄, 밭두렁에서 돌나물을 캤다. 고추장과 참기름과 밥을 비볐다. 딱주와 더덕 뿌리도 쪼개서 넣어 비볐다. 처음 먹어 보는데 왜 이리도 맛나냐고 했다. 적적한 것이 싹 가셨다고 했다. 힘이 난다고 했다. 돌나물은 슬픔을 앗아 가는 힘이 있다는데. 그건 진짜일까?

호랑이와 도리깨질

나는 호랑이를 생각할 때마다 화엄사 매화 두 그루가 떠오른다. 하나는 각황전 흑매, 또 하나는 길상암 백매(들매)이다. 추위가 별거 아니라는 듯 번쩍, 하고 공중을 밟는 저 꽃잎, 호랑이 눈동자 같았다. 민첩하게 움직이는 꽃잎이 번져 나오면, 호랑이 양미간이 피도 없이 살아난 것만 같았다.

　뜻밖에도 나는 호랑이가 숨을 뱉고 나무에 머무를 수 있는 기간이 보름 남짓이라는 생각을 갖게 되었다. 숨을 뱉으러 가끔 매화나무 바깥으로 나왔으면 좋겠지만 그건 불가능한 일. 하여 나는 '불가능'을 가능하게 하는 상상력으로 호랑이에 가닿고자 했다.

나는 매화와 호랑이가 완벽한 한 몸이라고 봤다. 나는 극단에 몰린 호랑이의 면면을 생각하면서 매화나무와 떼려야 뗄 수 없는 동식물 신화를 이야기하고자 했다. 사냥꾼의 총포에 먹히지 않고 흑매 꽃눈 속으로 겁도 없이 뛰어든 호랑이를 직시하고자 했다. '어떻게 하면 저 호랑이를 가져와 잘 놀 수 있을까?

완전히 발가벗은 호랑이. 그런데 호랑이는 깨져있고, 꽃잎은 흩날리고 있었다. 그때 나는 계속해서 살아있지만 '잠시 왔다 가는 호랑이'의 세계를 목도하게 되었다. 그것도 도리깨질을 하면서. 콩깍지를 두드려 패면서. 도리깨를 잡고 있는 손아귀에서 봉대가 휘휘 돌아가면서. 도리깨채가 콩대를 패대기치듯 깨부수면서.

도리깨질은 내게 호랑이의 모든 것을 뒤집어 보라는, 만지걸음 그 언저리까지 가보라는 상상력을 준 것이다. 나는 내 온몸이 반응하도록, 도리깨질로 내 몸에서 떨어지지 않는 호랑이 생각을 두들겨 팼던 것이다. "호랑이는 어디로 흩어져 갈까? 빽빽해지는 꽃눈이 녹는다, 꽃눈이 떨어진다"(〈호랑이〉). "한 방울 맞닥친 피, 악다구니 쓴 아름다움은 저런 것이다"(〈길상암 야생매화〉).

도리깨질은 아무 생각 없이 해야 어깨 힘을 곧게 쓸 수 있는데, 호랑이 생각만 하다가 지붕 위로 콩이 튀어 날아가고 담장 밖 쥐구멍까지 날아가고 말았다. 어머니께 또 혼나고 말았지만, 나는 왈―"어머니, 콩새도 먹고 쥐도 먹고 살아야지요." 콩대 깔린 마당이 호랑이 빛깔로 저물고 있었다.

독수리와 글쓰기의 순간

아시다시피 독수리는 일흔 살 넘게 산다고 해요. 독수리 나이 마흔쯤 되면 먹이를 낚아 후려치는 감각, 즉 몸의 리듬이 둔해진다고 해요. 부리와 발톱이 안쪽으로 휘어 쓸모없게 된 것이죠. 그때 독수리는 죽음 가까이 자신을 몰아넣죠. 절벽에 부리를 으깨고 다시 새 부리가 돋길 기다리죠. 그 새 부리로 휜 발톱과 낡은 깃을 뽑아 새 몸을 얻는다고 해요. 하여 고뇌하고 또 고뇌하는 힘으로 독수리는 삼십 년을 더 산다고 해요. 죽을 때까지 자신과 타협하지 않는 정신을 지닌 것이죠.

　작가는 자신의 글에 의구심을 가지면서 가야 할 길을 가야 합니다. 독수리가 하늘을 생각하지 않고 살아갈 수 없듯이 작가는 상상력으로 밀어 넣고 싶은 현실이 있어야 해요. 그런데 글쓰기는 삼사 년 쓴다고 좋아지지 않거든요. 최소 십 년 동안 글을 써봐야 피 흘리면서 살아가는 삶의 이야기를 포착할 수 있죠.

나는 저 수많은 독수리 중에서 살을 먹지 않고 뼈만 좋아하는 수염수리를 알게 되었어요. 세상 모든 독수리가 초식동물의 살과 내장을 탐하고 나자 하이에나는 뼈에 붙은 냄새까지 핥아먹고 지나가죠. 더럽고 추한 파리 떼만 남았을 때, 수염수리는 다리뼈를 채서 절벽 위의 하늘로 올라가 뼈를 떨어트린다고 해요. 뼈가 깨지면 그 속에 든 골수를 빼먹고 산다는 것이죠. 지레짐작했겠지만 저 기술을 익히는 데는 십오 년 이상 걸린다고 하는데요, 저 수염수리는 고고한 것이 아닌 죽음의 뼈가 보이는 것을 직관으로 포착한 것이죠. 남들이 다 거들떠보지 않은 것을. 수염수리는 정신의 허기로 제 삶을 변화시킨 것이죠. 나는 수염수리를 보면서 시인의 모습을 생각해 봅니다.

유달리 어두운 뼈만 먹는 것들이 있네
힘줄도 껍질도 먹지 않는 것들이 있네

나를 위로해 주는 것들

부패의 절취선이 되는 구더기 솟구칠 때

저 골치 아픈 것들에게도

흐트러진 질서와 바람 꺾는 깃털이 있네

너무 높이 날거나 절벽에 바루 붙어살지만

제 몸보다 큰 뼈를

돌산에 떨어뜨려 깨부숴 먹는 저 수염수리,

뼈와 뼛조각이 목구멍을 쑤시고 저밀 때

수염수리 날갯죽지와 발톱이 도드라지네

절벽이란 미지를 너무 쉽게 뚫고 지나가네

그러나 저 수염수리는 골수만 쏙쏙 빼먹네

부리 끝 허공엔 피 냄새 휘휘 반짝거리네

횟배도 없이 홀로 텅 빈 저 달마저 찢고 있네

—〈시인〉 전문《아흔아홉개의 빛을 가진》

나는 왜 동물의 언어에 집착하는가?

— 감각의 확장으로서의 동물 언어

1.

나는 소와 돼지, 염소와 닭, 개와 고양이가 있는 집에서 자랐다. 소와 돼지한테 밥 주는 일과 외양간 치우는 일이 나의 소일거리였다. 나는 그것들과 대화를 할 줄 안다. "발 들어" 하면 발을 들고 움직이는 소, "왼쪽 구석으로 가" 하면 진짜 왼쪽 구석으로 가있는 돼지. 믿을 수 없는 일인가? 아니다. 신기하게도 내가 외양간의 똥을 치울 때마다 소와 돼지는 그렇게 움직여줬다. 꼭 내 말을 알아듣는 것처럼.

소에게 풀을 뜯기는 초여름, 그런 날에는 소가 뒷발로 제 아랫배를 찼다. 등허리는 나무에 비벼 긁었다. 무엇인가 불편

했는지, 울음소리마저 달랐다. 그럼 나는 소 젖무덤에 붙어있는 진드기를 잡아주었다. 진드기는 소의 피를 빨면서 사마귀처럼 동그랗게 들러붙어 있었다. 꽤 많이 붙어있었다. 작은 것부터 큰 것까지 나는 내 손아귀에 모아놓고 그것을 가지고 놀았다. 추억에 젖은 장난을 떠올리면서 드는 생각은 역시나, 그때의 나는 소의 말을 알아듣는 것처럼 행동했다는 것이다. 그러면 보답이라도 하듯 소는 더욱 내 말을 잘 알아듣는 듯했다. 한마디로 동물과 나는 통했다. 통했다는 감각은 소중하다. 한번 통한 것 같으면 자꾸 통하고 싶고, 그러다가 통하지 않은 것 같을 땐 기분이 찝찝하고 통하기 위해 탐구하게 된다.

트랙터가 보급되기 전까지 아버지는 소를 끌어 쟁기질을 했다. 아침부터 저녁까지 소가 산비알 밭 쟁기질을 마치면, 나는 학교에서 돌아와 소를 몰고 집으로 가는 일을 했다. 집으로 돌아가는 길 "여기서 물을 먹고 가자", "여기서 풀 좀 먹고 갈까?" 그러면 어김없이 소는 그렇게 했다. 집으로 가는 길에 어둠이 깔리고, 소쩍새 울음이 피처럼 붉어도 무섭지 않았다. 나는 소와 함께 걸었고 소와 대화하고 있었으니까. 대화가 깊어지다 못해, 나는 일주일 전에 임실장에 송아지를 팔아야 했던 이유마저 소에게 이야기해 주었다. 그때마다 소는 으으으으응, 으으으응, 아버지를 이해한다고 말하는 듯했다. 소가 이해

한다고 생각하지 않으면 나는 견딜 수 없었을 것이다. 내 욕망의 투영과 합리화 없이 소와 대화할 수 없었다. 세상은 내게 그런 곳이었다. 나쁘지만 이해하지 않고는 견딜 수 없는 곳.

돼지가 새끼를 칠 때, 집돼지는 사람이 새끼를 일일이 받아주어야 한다. 그런데 아랫집막사의 돼지는 스스로 새끼를 낳은 모양이다. 아침에 돼지막사에서 꿀꿀거리는 맑은 소리가 났다. 신기했다. 열 마리의 새끼들이 젖을 빨고 있었다. 이 소식을 전하자마자 어머니는 돼지 밥을 가지고 아랫집막사로 달려 나갔다. 돼지를 수십 년 키웠던 아버지마저 처음 있는 일이라고 했다. 그날은 공교롭게도 어버이날이었다. 기특했다. 나는 윗집막사의 돼지보다 아랫집막사의 돼지를 더 좋아했다. 기특하니까. 나는 그때 기특한 아이가 되려고 노력했다. 시골의 어린아이로서 나를 돌봐주는 부모님께 해줄 수 있는 일을 찾아 헤맸다. 나는 돼지에게서 그런 마음을 느꼈다. 착각이겠지만 착각 속에서 따뜻했다. 그렇게 일주일이 지나갔다.

윗집 어미돼지의 몸에서 새끼를 받아 안은 아버지는 낡은 기저귀 천으로 돼지 몸에 묻은 피를 닦아냈다. 핏줄을 묶어서 어머니에게 주면, 어머니는 그것을 아랫방에 가져다놓았다. 그 광경이 잊히지 않는다. 꿀꿀거리는 맑은 흥분, 새벽이 온 것이 아니라 새끼돼지의 울음이 새벽을 불러온 것 같았다. 아랫

나를 위로해 주는 것들

집막사의 새끼돼지도 열 마리, 윗집막사의 새끼돼지도 열 마리, 합이 스무 마리였다. 새끼돼지들은 거름자리에서 뛰놀았다. 한 번도 길을 잃어버리지 않았다. 젖꼭지를 빠는 순서도 잊지 않았다. 서로 같은 모습이지만, 자기 형제의 냄새와 서열을 기억하고 있는 모양이었다.

한 달에 두 번 나는 돼지막사와 소막사를 치웠다. 그해 늦가을, 내가 좋아하는 아랫집 어미돼지는 말라가고 있었다. 새끼들이 젖을 많이 찾았던 탓이다. 새끼들이 제법 굵어지고 나서는 다른 막사로 옮겼고, 어미돼지는 다시 살이 붙기 시작했다. 그런 돼지를 아버지가 정육점에 넘겼다. 학교에서 돌아왔을 때 돼지는 트럭에 실리고 있었다. 그날, 나는 많이 울었다. 팔지 말라고, 아랫집막사 어미돼지는 내 말도 알아듣는 영리한 돼지라고, 진짜 팔지 말라고, 떼를 썼다. 아버지가 돼지 판돈을 받고 있는데, 나는 돌멩이를 주워 지붕 위로 던졌다. 무엇인가 분했다. 분한 마음을 그렇게라도 풀어야 했다. 어린 마음에 윗집막사 돼지를 팔지 않고 내가 좋아하는 아랫집막사 돼지를 판 아버지가 미웠다. 윗집막사 돼지를 팔았어도 울었을 테지만 그땐 그 마음을 쪼개서라도 조금 나은 선택을 강권하고 싶었던 것 같다.

우리 집 돼지들은 분홍빛이었고, 지푸라기 덤불을 좋아했으며 코를 흥얼거리면서 음악을 들을 줄도 알았다. 일광욕도 할 줄 알았다. 멋진 돼지들과 함께하면 나도 멋진 기분이 들었다. 그 누구보다 나랑 통했던 동물들은 나를 특별하게 만들어 줬다. 그렇게 나는 돼지 아닌 돼지의 오빠나 형이 되어가고 있었는데 그걸 망친 사람들은 어김없이 어른들이었다.

그러니까 어른보다는 돼지가 되는 게 낫다는 생각을 자주 했다. 나는 오래전부터 순연한 동물이고 싶었다. 그리하여 시를 쓰면서는 어떤 잇속도 없는 동물 언어로 세상을 바라보고 싶다. 그렇게 나의 시 쓰기는 사람의 눈이 아니라 동물의 눈과 입과 귀가 되고자 했다. 나는 사람보다 동물이 더 사회성이 좋다고 생각한다. 어떤 동물들의 특질을 받아들이고 나면 그들의 삶 속엔 악이라곤 없었다. 악이 없다고 생각하는 것도 인간의 언어이기 때문에 문제가 되겠지만, 또 달리 표현할 방도가 없다. 어찌해야 할까. 조금 더 솔직하게 동물 언어에 대해서 선호를 구분해 보자. 그렇다면 매우 이기적일 수 있겠다. 내가 이기적인 것을 인정하고 다시 이야기한다면 조금은 더 이해할 수 있으리라.

나는 유독 털 가진 동물을 좋아했다. 소, 토끼, 염소, 돼지, 사슴, 호랑이까지 포유류의 언어에 집착했다. 물론 나는 젖을 먹고 자라는 것들이 간직하고 있는 모성의 깊이에 대해 할 말이 있다. 그건 내가 아는 세계인 것만 같아서다. 네 살이 넘도록 입에 젖 냄새를 풍기고 다닌다고 큰집 당숙에게 '꾸중'을 듣던 나였다. 하지만 난 젖을 좋아한 것이 아니다. 어머니와 교감하던 그 시간, 그 평화롭고 그윽한 눈빛의 시간을 좋아했다. 밭으로 들로 나가 일하던 어머니를 오랫동안 붙들고 바라볼 수 있었던 그 시간은 내게 잊을 수 없는 축복이었다. 지금 나는 내가 알 것만 같은 세계에 대한 탐구심으로 가득하다. 하지만 작고 앙증맞은 새들의 마음은 아직 잘 모르겠다. 무수한 동경만이 있을 뿐. 비단 나뿐일까? 누구든 자신이 알 것만 같은 세계에 대해서 궁금증을 가지리라. 이미 알아버린 세계가 아닌, 꼭 알 것만 같은 세계나 알 수 없는 세계에 대해서라면 말이다.

나는 남자지만 펭귄족이다. 아이에게 환장한 수컷 펭귄. 그래 덩치 큰 조류라면 또 관심이 생긴다. 그런 세계도 알 것만 같다. 알 것만 같은 세계는 아직 알지 못한 세계라는 미지의 것이지만 어쩌면 알 수도 있다는 희망을 동시에 선사한다. 그래서 나는 포기하기보다는 오히려 도전한다.

2.

나의 서울 생활은 스무 살에 시작되었다. 딱딱한 것들과 소음이 가득한 도시에서 문명 생활자가 되어갔다. 운동을 하고 싶어도 길을 걷고 싶어도 무엇인가 답답했다. 그렇게 나는 동물과 교감하는 방법을 자연스레 잊어가고 있었다. 어느 날엔 서울대공원 동물원 말레이곰 '꼬마'의 탈출 소식을 들었다. 그럴 때면 내 몸 어딘가가 움찔움찔했고 거기서부터 나의 동물 언어는 깨어났다 다시 잠들기를 반복했다.

아이와 함께 동물원에 나들이를 갔다. 아이들은 동물원을 좋아한다. 처음 보는 것이어서. 신기해서. 아이가 동물과 뭔가를 나누는 게 아니라 강화유리 건너편의 신기함만을 배우면 어떻게 하지? 그곳에서 기린이 사랑하는 것을 봤다. 서로의 목을 친친 감아올리는 것을 바라봤다. 하지만 동물원의 기린에게는 광채 나는 목소리가 없었다. 나는 그들의 목소리를 듣고 싶었다. 아니, 나는 목소리 없는 말을 이미 듣고 있었는지도 모른다. 기린은 "나무 속의 미끄럽고 촉촉한 언어를 찾는 고고학자"이면서 "점자 빛을 끌어와 점박이 무늬를 밝히"(〈기린의 취향〉, 《옆구리의 발견》)고 있다고 말이다. 나는 기린의 움직임을 통해서 시적 사유를 얻었다. 움직임은 삶의 능동이다. 동물은 움직이면서 울음과 언어를 뱉는다고 믿는다. 그런 동물의 움직임을 가둬놓고 뭐 하는 짓인가. 돌을 집어 들어 지붕 위로 던지던 어린 날의 마음이 되살아났다.

사슴과 꿩이 서럽게 울면, 꼭 비가 왔다. 고라니와 멧돼지

나를 위로해 주는 것들

가 울면, 날이 좋았다. 일종의 일기예보인 셈인데, 그게 어머니의 말씀이다. 어머니는 콩과 고구마와 옥수수를 갈아놓고 짐승들이 농사를 망칠까 봐 걱정했지만, 짐승들이 싹을 뜯어도 쥐약을 놓지 않았고 짐승들이 들깨 모종을 분질러 놓아도 나무라지 않았다. 오래전 선조들은 호랑이가 마을로 내려오는 것을 걱정했겠지. 다만, 걱정을 하면서 그 걱정 속에 같이 살아가는 것이었다. 길짐승 날짐승이 있어 산과 나무와 돌과 물의 삶도 돌고 도는 거라고 했다. 어머니는 곡식이 사라지면 마음이 아팠을 텐데 동물들을 함부로 대하지 않았다. 멧돼지들이 수확을 앞둔 고구마밭을 갈아엎어 놓았어도 그냥 웃고 지나갔다. 사람에게 해코지 않은 것이 그들의 마음이라고 했다. 우리는 일찍이 멧돼지나 사슴을 신으로 모시고 살지 않았던가.

미야자키 하야오의 영화 〈원령공주〉를 보면, 총탄에 맞은 멧돼지가 재앙신이 되어 인간의 마을을 급습한다. 그리고 재앙을 내린다. 내가 초등학교 1학년일 때, 사슴이 큰집의 논에 와서 죽은 적이 있다. 그런데 그해 여름 큰집 당숙이 돌아가셨다. 나는 그것이 재앙이라고 믿었다. 당숙은 그 사슴으로 요리를 해 먹었다고 했다. 지금의 나는 생각한다. 사슴이 논으로 와서 죽는다면, 나는 사슴의 눈을 보면서 사슴의 말이 무엇인지 받아 적고 말 것이다. 사슴의 사연을 듣고 장례를 치러줄 것이다. 사슴의 눈에는 그동안의 이야기들이 가득 고여있을 테니까.

3.

동물들도 핵가족이다. 멸종위기다. 국립공원에서 밀렵을 금지하고 있지만, 여전히 밀렵은 계속된다. 동물과 같이 우리도 이제는 1인용 식탁을 가장 많이 찾는다. 혼밥, 혼술이 대세다. 핵가족이 된 지 오래되었고 이제는 혼자 사는 세상이 도래한 듯하다. 같이 생활하고 부대끼면서 교류하고 나누는 일이 드물어졌다. 특히 혼자 먹는 습관, 휴대폰을 보면서 먹는 습관이 눈에 밟힌다. 서로 경쟁하는 사회다 보니까, 정이 점점 메말라 간다. 개인주의, 남에게 피해를 끼치지는 않지만 혼자만 잘사는 법을 배우는 데 익숙해진다. 다 같이 잘 살면 좋을 텐데. 사건, 사고가 터져도 우리는 '눈'으로만 동참하지, 그걸 해결하려고 나서지 않는다. 보복당하고 피해를 볼까 봐 전전긍긍한다.

이런 세상에서 나는 어떻게 사회적인 동물이 될 것인가를 생각한다. 물론 같이 밥 먹을 사람이 없어 혼밥을 하고 나서 말이다. 그 서글픔 속에서 《시경》을 읽다가 '녹명鹿鳴'이란 글자에 오래 눈이 머물렀다. 녹명은 사슴의 울음소리란 뜻이다. 먹이를 발견한 사슴이 다른 배고픈 사슴을 부르기 위해 내는 울음소리다. 현대의 우리들은 이로운 정보와 먹을 것을 발견하면 숨기기 급급하고 혼자 먹기 바쁜데, 사슴은 오히려 울음소리를 높여서 "이리 와, 우리 같이 먹자"고 정을 나눈다. 이런 풍경은 농촌사회에서 흔히 보던 모내기철의 한 풍경과 같다. 어머니는 모내기철에 새참을 지나치게 많이 해서 내오셨다. 모심는 사람만 먹는 것이 아니라 근처에서 일하는 사람들을 불러 같이 나눠 먹기 위해서. 아버지는 사슴도 아니면서 같이 새참 먹고 일하자고, 고함이 가닿는 사람까지 불러 모으곤 했다.

저 흰빛의 아름다움에 눈멀지 않고 입술이 터지지 않는

나는, 눈밭을 무릎으로 밟고 무릎으로 넘어서는 마랄 사슴이야

결코 죽지 않는 나는 발목이 닿지 않는 눈밭을 생각하는 중이야

그러나 뱃구레의 갈비뼈들이 봄기운을 못 견디고 화해질 때

추위가 데리고 가지 못한 털가죽과 누런 이빨이 갈리
는 중이야

그때 땅거죽을 무심하게 뚫고 나오는 선蘚들이

거무튀튀한 사타구니를 몰래 들여다보는, 그런 온순
한 밤이야

바닥을 친 목마름이 나를 산모롱이 쪽으로 몰아나갈 때

홀연히 드러난 풀밭은 한번쯤 와 봤던 극지劇地였던
거야

나는 그곳에서 까마득한 발자국의 거리만큼 회복하고
싶어

무한한 초록빛에 젖은 나는 봄눈 내리는 저녁을 흘려
보내듯이

봄눈의 바깥으로 흘러넘치는 붉은 목젖으로 녹명

나를 위로해 주는 것들

을 켜는 거야

죽을힘을 다해 입술을 달싹거리며 오줌을 태우는 건
그다음의 일이야

봄눈이 빗줄기로 톡톡 바뀌면서 뿔이 자라는 건 그다
음의 일이야

— 〈녹명鹿鳴〉 전문《아흔아홉개의 빛을 가진》)

이 시는 녹명의 의미를 착안해서 창작되었다. 사슴의 말
을 통해 그리운 풍경에 대한 이야기를 하고 싶었다. 사슴의 말,
동물 언어지만 사실 그것은 우리들의 언어인 셈이다.

나는 동물의 외연에 인간의 생각을 덧입히는 시는 쓰고
싶지 않다. 오로지 동물의 눈으로 이 세상을 바라보고, 동물의
언어로 이 세계를 그리고 싶었다. 하지만 늘 실패했다. 동물 언
어로 일상을 재편하고 재배치하는 과정이 어렵기 때문이다.
정말이지 내가 동물이 되는 일은 요원했다. 동물이 아니니까.
하지만 이런 시도를 멈출 수가 없다. 그것은 오직 시인으로서
의 순연한 욕망이다.

나는 동물 언어와 싸우면서, 혹은 싸우기에 앞서 나의 감

각과 싸운다. 그렇게 미지의 세계에 두 발 다가서면, 진화를 함께 겪는 동물 언어는 미묘하게 그들을 벗어나 있다. 그럼에도 불구하고 도달할 수 없는 대상을 향한 욕망, 그것이 나의 시다. 그러니 내가 그들 동물이 되기 전에는 시 쓰기를 멈출 수가 없는 노릇 아닌가.

나를 위로해 주는 것들

백자와 개

나는 내가 쓰는 시에 자신이 없었다. 항상 시류에 동참하는 방법에 골몰했다. 첫 시집을 내고 술자리를 가졌는데 어느 선생님께서 진안의 자연이 가진 캄캄한 세계를 잘 지키라고 말씀하셨다. 나는 도시의 현대성을 노래하는 시들을 부러워했는데, 거기에 반기를 드는 말이었다. 선생님의 이 말씀을 듣고 어느 선배가 이야기 하나를 들려주었다.

백자와 개에 대한 이야기였다.

섬을 여행 중인 사람이 있었다. 그 사람은 물을 얻어먹고 싶어 당주 깃대 서있는 집 마당에 들렀다. 물을 먹고 눈앞을 보니, 백자가 개밥 그릇으로 쓰이고 있었다는 것이다.

형이 물었다. "저 백자를 얻으려면 어떻게 해야 하는가?"

나는 도대체 왜 백자를 개밥 그릇으로 쓰는지 되물었다.

"개 주인은 개밖에 모르는 거지."

형은 개를 사야 한다고 말했다. 개를 사면, 덤으로 개밥 그릇을 얻는다는 것이다.

나는 무릎을 쳤다. '내 꼴이 개 주인과 같구나!'

백자의 가치를 몰라보는 개 주인처럼, 나도 남들이 볼 때 백자와 같은 나만의 세계를 자꾸만 벗어나려고 했던 것 같다. 그럴 때 내가 가진 세계를 콕, 집어 알게 해준 분이 시인 김사인 선생님이다. 개를 팔면서 백자까지 홀랑 잃어버린 개 주인은 자기가 잃어버린 것이 무엇인지도 모를 것이다. 누군가가 당신이 개밥 그릇으로 쓰고 있는 것이 백자다, 라고 알려주기 전까지는 그 가치를 모른다. 그런데 나는 알려주는 사람이 있었다. 이것은 삶에서 얼마나 큰 행운인가. 누가 나의 시세계를 훔쳐 가겠냐마는 나 스스로 그것을 어둠 속에 밀어 넣을 일은 그만둘 수 있게 되었다.

*

만약 당신이 눈앞에 있는 것이 백자라고 생각한다면, 어

나를 위로해 주는 것들

떤 방법으로 저 백자를 취할 것인가. 고색창연하게 백자 취하는 법을 안다면 당신은 시의 꼭대기에 발자국도 없이 오를 수 있는 사람이다. 상상력이 풍부하다는 뜻이다. 금심琴心하지 말고, 당분간 혀가 간지러워질 때까지 말하지 말자. 그러면 당연히 헛소리를 마구 지껄일 것이다.

뻘짓거리

암사마귀는 짝짓기를 하면서 왜 수사마귀의 머리통을 찢어 먹는 걸까? 그 이유는 사마귀에게 물어봐야 하겠지만 나는 조금 빗나간 이야기를 해보고 싶다. 어쩌면 암사마귀는 이백여 개 알의 생존을 위해, 저 수컷의 뇌에 박힌 이스트yeast를 흡혈한 것이 아닐까 싶다. 그래야만 알을 낳을 때 거품을 타게 하여 알집이 부풀 수 있다. 안은 촉촉 바깥은 단단한 저 알집, 나의 눈요깃거리다.

사마귀가 알집 짓는 것을 바라본다. 사마귀는 아무 거리낌 없이 내가 보거나 말거나 거품을 일으킨다. 그것은 두부를 만들 때 피어나는 거품과 같다. 흰 것이 아닌 누런 거품이다.

나를 위로해 주는 것들

어머니의 리어카 바퀴살에 붙어, 정오부터 시작된 엉클어지는 거품이 잔주름무늬를 짓는다. 거품은 알을 묶으면서 흩어지게 하고 풀어지면서 나오는데 또 바깥을 묶어주는 힘을 불사르고 있을지도 모른다. 벌써 두 시간이 지나간다. 잠시 거품이 불그스름하게 변한다. 거품은 반짝이라고 지어진 것이 아니다. 붕괴되지 말라고 돌처럼 단단해지는 것이다.

사마귀의 턱과 이빨에 물리면 그 위력을 실감할 수 있다. 대범한 사마귀, 손톱으로 떼어내려고 긁어봐도 떨어지지 않는 알집을 지었다. 어머니가 리어카를 밀고 논으로 밭으로 다녀왔지만 물에 젖어도 부식되지 않고 바퀴살만 녹슬어 가는 것이다.

알집은 운명 공동체로서 전체를 노출시키지만 곰팡이가 핀 것만 같아 어떤 짐승도 건드리지 않는다. 마루 밑이나 기둥 중간에 저런 알집이 붙어있는 것을 보면 해코지하고 싶은 충동이 일어난다.

숨 틀 곳 없는 알집에서 깨어나는 사마귀 같은 시를 쓰고 싶다. 나는 미적 쾌락주의자이면서 초현실적 악마주의자가 되고 싶지만 그런 작품을 쓰는 것은 쉬운 일이 아니다. 어미의 항문에서 새 삶이 시작된 저 사마귀처럼 작은 낱눈을 모아 곁눈으로 세상을 보고 싶다.

밤과 낮엔 눈동자가 달라지는 사마귀, 적이 눈치챌 수 없도록 꽃이나 나뭇잎, 나뭇가지 모양으로 서있다가 당랑권을 펼친다. 흥미로운 것은 사마귀가 적을 찾는 게 아니라 찾아지는 은폐 기술을 쓴다는 것이다. 나는 올해 마흔두 살, 아직 철이 들지 못해서 별것 아닌 사마귀를 두 시간째 보면서 나의 시적 전략을 생각하였다. 그건 '뻘짓거리'였다.

나의 유산, 게으름

도대체 게으름은 어떻게 생긴 것인가. 일찍 자고 일찍 일어난다고 해서 그것이 부지런한 것은 아니다. 늦게 자고 늦게 일어난다고 해서 그것을 게으르다고는 할 수 없다. 게으름은 몹쓸바지가 아니다. 수평선에서 멀어진 새도 아니다. 게으름은 죽지도 않는 것이고, 텅 빈 것이고, 하물며 발도 없고 날개도 없는 몸이다. 감추어도 다 보이는 것이 게으름이다. 지하철이 지상으로 올라와 햇볕을 쬘 때, 눈은 피로하다. 현기증이 인다. 언뜻언뜻 가장 편한 자세를 만들어 주는 것이 게으름의 사생활이다.

그러나저러나 여름 홍수에 다리 끊긴 지가 언제인데 일

년이 지나서야 공사가 한창이다. 저 '한창' 속에 게으름이 붙어 있다. 사람은 말랐는데 게으름은 통통하다. 거기에다 게으름은 도망가지도 않는다. 몸이 아프면 병원에 데리고 가고 약을 꼬박꼬박 챙겨 먹게 한다. 게으름을 알뜰히 모아 한옥을 올렸다. 온돌방에 군불을 때고 와 등을 지지고 허리를 지지고 낮엔 잔돌 깔아놓은 정원에 누워 달궈진 돌에 몸을 지졌다. 태초부터 몸에 숨어있는 게으름, 핏속을 돌다가 터지면 생명이 위험해진다. 차가운데 환하고 뜨거운데 어둡고, 이런 증상이 있다면 그건 병이다. 글쓰기가 만들어 준 불치병 혹은 불면증이다. 나는 그 병을 이겨보려 만년필을 꺼내 들었다. 잉크는 까맣지만 거품마저 이글거린다. 이 거품 같은 게으름이 나를 책상에 앉히고 종이를 구기게 한다. 심지어 일주일 만에 몸을 씻어도 게으름은 몸을 상하지 않게 보존시킨다. 느닷없이 죽어 항문이 헐거워져도 게으름은 윽박지르지 않는다.

그렇다, 나의 유산이 게으름이다. 게으름은 갑자기 불어난 큰물이다. 소나기가 만든 흙탕물이다. 그 물줄기 위에서 물결같이 앉은 소금쟁이 같은 이야기이다. 옆구리를 결리게 하는 이야기이다. 재앙도 풍문도 아픔도 물결로 주름져서 딸려나온다. 게으름은 내다버릴 수가 없어, 몸에 칭칭 동여매고 산다. 낮꿈에 호랑이가 덤볐는데 풍뎅이가 와서 눈썹을 갉았는데, 나는 그대로였다. 게으름은 슬몃슬몃 엿볼 수가 있으나 함부로 들어갈 수 없는 세계였다. 게으름을 절간 운판에 매달아 두려고 스님들은 언제나 새벽 세시에 일어나는데, 그럼에도 불구하고 나는 게으름에게 게으름이 뭐냐고 묻는다. 게으름은 참을 수 없는 것일까. 참을 수 있는 것일까. 나에게는 그 질문을 들깨부수는 오함마가 필요하다.

4. 살아있는 것들의 안부를 묻다

탁구공 지름은 40밀리미터다. 이 작은 공 하나와 라켓만 있으면 녹색 탁구대는 당신과의 다감함을 만들어 낼 수 있다. 핑퐁 ping pong으로 주고받는 대화가 되는 것이다. 탁구대는 전체 길이 274센티미터이고 폭은 152.5센티미터에 높이 76센티미터로, 코트 위 30센티미터 높이에서 공을 떨어뜨렸을 때 23센티미터 높이로 튕겨져야 한다.

탁구를 치면 침묵을 이해할 것이다. 상대를 향해 몸을 구부리는 자세로 탁구공을 그냥 보는 것이 아니라 핑, 하는 소리와 솟아오르는 예감을 응시하는 것이다. 나는 탁구공을 향해 라켓을 쥐면서 뛰고, 걷고, 수그리고, 앞으로 옆으로 뒤로 다시

제자리로 돌아오는 이 반복이 좋다. 새롭고 명료한 이야기들이 쏟아진다고 믿기 때문이다.

나는 펜홀더와 셰이크홀더 둘 다 사용할 줄 안다. 펜홀더를 사용하면 드라이브 거는 힘을, 셰이크홀더를 사용하면 백핸드의 미묘한 힘을 느낄 수 있다. 작은 공 하나엔 반복과 변주되는 힘이 숨어있다. 그 패턴을 읽는 일, 공에 몸이 반응하는 일, 질문으로 묻고 대답하는 것이 아니라 몸 전체와 손목으로 길을 찾는 일, 도무지 접근할 수 없는 각도에서 사각 테이블로 공을 올려놓는 일. 공에 대한 믿음이 없다면, 탁구는 칠 수가 없다. 부양하는 힘이 빠르게 테이블을 오가야 한다. 회전을 직선으로 푸는 일, 직선으로 오는 공을 회전으로 되돌려 치는 일. 커트가 쉬울 것 같지만 몸의 중심이 낮아야 한다. 탁구에서 공이 더럽다고 말하면, 그것은 공의 회전이 많다는 것이다. 이를테면 독을 독으로 치료하듯이, 산불을 끄기 위해 맞불을 놓듯이, 회전이 많은 공은 펜홀더로 휘감아서 드라이브를 걸면 저절로 풀린다. 하여간 탁구 대전을 할 때에는 한순간의 발發이 있어야 하고, 전복되는 힘을 견見해야 하며, 펜홀더와 셰이크홀더에 내걸리는 리듬이 있어야 한다.

글쓰기와 탁구는 감각의 반응이다. 문제 해결의 과정이다. 그렇기 때문에 성공하기보다 실패할 확률이 높다. 하지만 매일매일 연습을 하다 보면 몸이 먼저 반응한다. 글쓰기 역시 묘사와 진술을 번갈아 쓰면서 감각적인 언어감각을 익히는 것이다. 탁구공이 몸 쪽에 달라붙어 있으면 바깥으로 밀어내야 하고 바깥에 있으면 몸 쪽으로 잡아당겨야 한다. 글쓰기에선 그걸 미적 거리라고 부르는데, 탁구공을 칠 때에는 '이 공 좋아!', '저 공 싫어!'가 아니라 탁구공에게 몸을 맡기는 것이다.

나는 탁구공이 네트 15.25센티미터의 높이에서 떠오르다 미사일처럼 날아오는 순간을 가장 좋아한다. 탁구공의 무게는 겨우 2.7그램이다. 나는 순간적인 손목의 힘으로 이걸 되받아친다. 나는 당신의 탁구공을 만졌고 당신의 삶을 엿봤을지도 모른다.

사냥개 발바리

멧돼지 사냥을 나설 때, 발바리 세 마리를 데리고 간다고 했다. 내장이 찢긴 발바리. 한쪽 눈을 잃은 발바리. 한쪽 다리가 잘린 발바리. 번번이 멧돼지에 떠받쳐 해를 입었지만 살아남았다고 했다.

"형, 멧돼지 사냥 나갈 때, 덩치 큰 삽살개나 진돗개가 최고 아니에요?"

"잘 들어봐. 네가 시인이라고 하니까, 형이 사냥에 대해 이야기해 줄게. 멧돼지 사냥을 하려면 가장 하찮고 만만한 것을 데리고 다녀야 해. 멧돼지 큰 놈은 무게가 130킬로그램이 나가. 어금니가 매우 커서 짓밟는 게 일이지. 큰 개를 보면 멧돼지는 두려워서 도망가. 어디로 튈지 모르지. 그런데 세 새끼보다 작은 발바리를 보면, 만만해서 도망가지 않아. 오히려 공격하려 들지. 발바리가 우습다는 거지. 멧돼지는 어금니로 발바리를 찢지. 아무리 끊으려 해도 질긴 건 발바리의 목숨이야. 멧돼지는 작고 만만하게 봤는데 발바리가 지치지 않고 덤비니까 숨을 크게 들이쉬면서 지쳐가. 멍하니 발바리를 내려다볼 때, 엽사는 방아쇠를 당겨버리지. 쿵, 하고 쓰러지면, 발바리는 멧돼지의 목줄을 쑤시고 들어가. 마지막 숨을 파버리는 거지."

"아, 형 이거 진짜예요?"

"너 시인이라고 했지? 시를 쓸 때도 멧돼지 사냥하는 거라고 생각해 봐. 시인도 사냥꾼의 후예 아닌가. 가장 하찮고 만만한 것들과 친하게 지내야 한다. 그게 우리의 삶이니까."

*

시집을 상재하고, 나태에 젖을 때마다 나는 '사냥개 발바리' 이야기를 떠올린다. 내가 죽을 때까지 피 흘리며 사는 동안 시적 혜안慧眼을 어떻게 갖출 것인가 생각하면서. 절로 무릎을 치게 하는 형의 말을 떠올리면서.

돌미나리와 거머리

황톳물이 돌미나리밭을 휩쓸고 지나갔지만 돌미나리는 제 눈썹에 거머리를 달고 있다. 물 한 바가지 정도 고이는 땅이라면 돌미나리가 새파랗게 자란다. 낯 씻을 물이 없어도 돌미나리가 있다면 거머리는 까맣게 질려있을 터이다. 돌미나리와 거머리는 사촌지간도 아닌데 왜 붙어 사는 걸까?

*

돌미나리를 베러 다닌 적이 있었다. 소풍 가서 먹을 김밥에 넣을 소가 필요했기 때문이다. 돌미나리는 개골창에서 잘 자랐다. 개골창에서 베어 온 돌미나리는 생활오수를 받아먹고 자란 탓일까, 어머니는 내가 베어 온 그것을 거름자리에 버렸다. 다시는 베어 오지 말라고 했다. 그리고 다른 곳에 가자며 나를 끌고 수렁골 논으로 갔다. 산 밑에서 바로 내려오는 물줄기 속에서 돌미나리를 베어 왔다. 낫 위에 거머리를 올려놓고 어머니가 말했다. "거머리가 있어야 깨끗한 거다. 무서워하지 말고 똑똑히 보아라!"

*

훗날, 우렁이농사를 짓는 논을 보니까 거머리가 없었다. 수십 년 동안 농약을 친 논엔 더 이상 거머리가 살지 않았다. 손모로 모내기를 할 때 종아리와 손등에 붙어 핏줄을 가렵게 했는데, 종과 횡이 완벽한 벼가 자랄 때마다 붉은 알집이 붙어 있었다. 그것이 우렁이 알이라고 했다. 외래종이라 알이 붉었던 것이다. 오래된 기억이 치솟았다. 토종 왕우렁이를 잡으면 회오리 문양 껍데기 끝이 깨져있었는데 거기엔 우렁이 새끼가 자라고 있었다. 빛 없이도 가장 환한 눈을 가진 우렁이 새끼들. 그런데 지금은 점점 사라지고 있는 것이 너무나 많다.

나는 거머리가 보고 싶었다. 돌미나리에 붙어 자라는 거머리를 보고 싶었다. 우리는 무엇인가 곁에 있을 때는 그것의 소중함을 모른다. 멸종 직전까지 가야 기억 저편에 묻어두었던 이름을 꺼내게 된다.

거머리는 징그럽다. 그런데 나는 왜 거머리를 좋아할까. 명랑한 검은 무늬와 초록 무늬를 가진 거머리. 뾰족한 것이 없었을 때, 우리가 피 흘리고 사는 사람이라는 것을 알려준 거머리. 죽은 몸 그대로 거머리는 후생을 가진다고 했다. 나는 가장 사소한 것의 극단을 찾고 싶을 때, 거머리가 되는 꿈을 꿈꾼다. 그렇다고 진짜 거머리가 되는 것은 아니지만 나는 흥미로운 것에 빠져들면서 미적 아름다움을 빨아들이고 싶다.

구더기
시론

시베리아 호랑이가 죽었다. 더는 찾아오는 사냥꾼이 없었는지, 어미만이 새끼가 죽은 자리를 지나가고 있었다. 아무리 화려한 무늬를 가졌어도, 산군이라고 불렸어도, 올무에 걸린 네발 달린 짐승의 마지막을 지키는 것은 구더기들이었다. 죽음은 더는 보여줄 것이 없었는지 수만 마리의 구더기 떼로 핏줄과 살을 지워나갔다.

호랑이 눈알 속에서 어슬렁어슬렁 볕이 기어 나오자 신통력 있는 사냥꾼이 비로소 호랑이 가죽을 가지게 됐다. 목덜미를 잡아당기자 길게 뽑아져 나오는 것은 빠르게 쓸려가는 칼날 조각이었다. 고된 흰빛이었다. 호랑이는 억울할 것이 하나

나를 위로해 주는 것들

없었다. 호랑이 무늬가 상하지 않았으니까.

　냄새마저 먹어 치운 그런 쌀뜨물 같은 구더기들이었다. 징그럽게 밝은 죽음이었다. 더러움 없이 맑은 죽음이었다. 이윽고 사냥꾼은 호랑이 가죽을 탈탈 바람에 씻겨 말렸다. 추위에 오그라드는 가죽을 뚫고 나오지 못해 구더기들은 그렇게나마 봄이 오는 소리를 베고 돌아눕는 것이다. 당혹과 참혹보다 더 낮은 자리가 있다면 시가 머물러야 할 자리이리라.

봄과 로드킬

뭐가 이리도 붉은가, 오후 세시의 고라니. 몸뚱이와 그림자가 으깨졌으며, 머리통은 후미진 커브의 볼록거울에 맺혔다. 필사적으로 뛰었지만 외마디 소리도 없이 즉사하고 만 고라니. 데굴데굴 절벽으로 굴러갔으면 다시 물이 되었을 텐데. 나무가 되었을 텐데. 치달리는 숲의 바람이 되었을 텐데.

한밤중에 벌떡 일어나 망가진 거죽을 탈탈 털며 숲으로 돌아갔으면 좋겠지만, 벌떡 일어난 것은 창자 썩는 냄새였다. 아직 대가리는 깨지지 않았고 두 눈은 감기지 않았다. 고라니는 죄 부서져야 했는데 눈알이 새까만 까마귀 두 마리가 내 쪽으로 고개를 돌리지 말라고 우짖었다. 끝없이 꽃비가 내려 고

나를 위로해 주는 것들

라니를 여몄다. 꽃상여 같았다. 똥오줌과 콧등에 꽃잎이 달라붙자 돼지 칠십 마리를 싣고 가는 5톤 트럭이 지나갔다. 고갯길 끝에서 죽은 짐승이 동백으로 피어 올라올까? 그런데 왜 봄은 병약한데 신경질적이면서 나른하고, 길을 가다가 아무 이유 없이 뒤통수를 후리거나 두껍고 질긴 가죽을 가진 것만 죽이는 걸까?

작년엔 오소리와 삵이 죽었고 올해엔 고라니가 죽었다. 후년엔 멋모르고 달리는 멧돼지가 죽을까? 그렇다고 해도 이 왕벚나무 터널을 지나갈 때마다 지레 겁을 먹어서는 안 된다. 분명히 알아두어야 할 것은, 짐승이 숨어 살기 좋은 곳이 진안 고원이라는 것이다. 왕벚나무 꽃빛이 높이 치솟으면 물인지 불인지 모를 것이 피고 더 흐리게 숨으라고 안개의 아가미가 열리는데, 이때 길과 숲이 엉켜버린다. 털 가진 네 개의 발자국이 새로 생긴 길을 건너다가 또 죽는다. 이 모든 것이 봄만 되면 반복되는데, 나는 이 길을 속도와 함께 수천 번 왔지만 단한 번도 길짐승을 치지 않았다.

*

각을 세우는 늦추위는 허공을 달리지 않고

허공을 겹겹 봄눈으로 긁는 중이다
雪花에 기대어 사는 것들은 발자국을 지닌 짐승인데
으깨진 것들은 붉은빛으로 발견되었다
귀가 먼저 걷고 울음을 보고 걷는 고라니 가계家系엔
발굽이 거느리는 동백꽃이 온기로 배어 있다고 했다

흙냄새 산모롱이 쪽에서 툭툭 털어 내는 소리가 난다
동백은 붉음으로 절기를 잠재우는 나무이지만
북방으로 가기 위해 고라니와 몸을 바꾼다고 했다

안온과 분주가 잔기침을 뱉고 툭툭 불거질 무렵
그냥 동백은 고라니 등에 슬쩍 올라타 보고 싶은 거다
도깨비바늘도 아닌데 새까맣게 달라붙어 달리고 싶은
거다

첫 발자국을 떼는 동백, 발굽에 창窓이 달려 있어
이역異域까지 숨 녹아 물 빠지는 소리를 들을 수도 있다
항문 괄약근을 밀어내면서
절개지 하나 무너트리면서
산과 강과 절벽이 신성하도록 외진 길로만 흥興을 낸다

나를 위로해 주는 것들

그러나 산맥을 끼고도는 검은 속도를 피하지 못했으니

빳빳한 짐승으로 돌아와 꽃잎으로 눕는다

산산이 찢어진 비명, 절뚝거리다가 적막에 닿았을 것
이다

—〈동백과 고라니〉 전문(《나무는 나무를》)

펭귄

추위는 삐딱하게 오는 걸까? 눈보라에 환장하는 밤, 바람만이 윙윙거림으로 골 때리는 추위를 몰아온다. 그러나 밤의 황제 펭귄들은 뒤엉키고 부서지지 않고 만신창이가 되지 않는다. 추위를 껴입으면서 몰래 남극성을 올려다본다. 수장된 것은 눈발인데 물속에서 빙산이 솟구친다고 허들링의 자세를 취하는 펭귄들. 추위가 떠나버렸다고, 떠나버려 더 이상 추위는 없다고 생각하는 겨울밤. 펭귄들은 추위가 사라진 게 아니라 돌아온 것이라고 말하는 것만 같았다.

남극에서 태어난 것들은 하양이거나 검정인데 오늘도 변함없이 꽁꽁 언 빙판을 좋아하는 무리들이 노래를 만들어 부

나를 위로해 주는 것들

른다. 수컷 펭귄은 노래를 같이 부르면서 무엇인가 목에 걸려 넘어가지 않는 것을 생각한다. 그건 먹이 사냥을 나간 암컷을 기다리는 마음이다. 수컷 펭귄은 발등 위에 알을 올려놓고 사흘 낮과 밤을 지새운다. 불행은 뭔가 예쁘고 단순한 알만 골라 깨트리고 지나간다. 그때 암컷들이 돌아온다는 것은 좋은 징조인데, 알을 깨트린 수컷들은 피 묻은 알껍데기를 깨트린다. 생명이 다시 부활하도록 어떤 의식을 치르는 것이다. 발등에서 발등으로 알이 굴러가면 좋겠지만 알은 굴러가 금이 가서 죽고, 알은 굴러가다 말고 딱, 깨지고 급기야 펭귄이 가야 할 길을 가리키는 알, 거기 가만히 서있는 것은 잔설밖에 없었다. 절망에 시달린 삶이 이렇게 아름다울 수 있다면, 눈에 보이지 않게 지나가는 거라고 했다.

밤의 추위에 서로 붙었다가 아침에 떨어져서 살아가는 저 펭귄들을 보니까 천당과 지옥은 지켜보는 달과 공기와 해가 한패라는 것을 알게 됐다. 으스스한 생각인데, 남극에서는 흔한 일이라고 해두자.

북극곰

육체가 없었다면, 입과 항문이 없었다면, 수컷 북극곰이 제 새끼를 잡아먹는 비극이 벌어지지 않았을 텐데. 빙산이 사라지고 있으니, 삶만 불편한 것이 아니라 죽음마저 불편해지고 있다는 생각이 든다.

북극곰은 물범과 바다표범을 성가시게 하면서 그것들을 잡아먹고 산다. 그 개체들이 영원히 사라진다면 북극의 질서는 깨져 없어질 것이다. 그 개체들이 속수무책으로 하나씩 하나씩 죽어나가는 중에도 북극이끼는 자라나고, 얼음 밑에서 흰빛의 크릴새우는 부풀어 물범을 머물게 해준다.

그러니까 지금 북극곰이 살아있다는 것은 몸 가눌 수 있는 힘을 지녔다는 것이다. 북극이 북극곰의 삶을 감추려고 자꾸 애를 쓰지만 사실은 북극곰이 있어 북극이 감춰지지 않는 거다.

온난화 현상으로 얼음이 일찍 사라진다고 북극곰은 불평하지 않았다. 시련은 겪었을 테지만, 나는 북극곰이 얼음 구멍에서 솟는 숨을 기다리는 게 아니라 제가 숨을 쉬면서 실패를 기회로 몰아가는 그림자놀이를 하고 있는 중이라고 생각했다.

한여름 태양 속에서도 북극곰은 바다를 떠나지 않았다. 헤엄을 치면서 더위를 식히며 바위에 앉아 흰고래를 기다렸다. 미동조차 없이 그냥 바위가 된 것이다. 북극곰은 흰고래가 어떻게 생겨먹었는지 모른다. 그런데 무심코 흰고래 사냥에 성공했다. 북극곰은 한낮에도 허기에 지쳐 잠든 것이 아니다. 제 허점인 심드렁함으로 불가능과 마주한 것이다.

나는 북극이 쭈글쭈글한 땅을 드러낸다고 해도 북극곰이 사라지는 일은 없을 것이라 믿고 싶다. 북극곰은 아주 명민한 짐승이니까. 북극에서 한 달을 걸어 나왔는데도 북극이듯이 북극곰은 애초에 살아보지 않았던 삶을 사는 것이다. 물보라를 튕기는 저 풍부한 흰고래가 있어 북극곰은 여름 바다를 더 좋아하는지도 모른다.

어떤 반성

〈다큐 3일〉 멧돼지 포획단의 일상, 아프리카돼지열병에 감염된 멧돼지를 포획하기 위한 엽사들의 고투를 봤다. 계획과 예측은 꿈에서나 가능한 일. 현실에서는 무조건 실패. 그러나 멧돼지는 제가 멧돼지인지도 모르고 돌아다니다가 그만 총포에 맞아 죽는다.

　짐승이나 사람이나 추하고 더러운 질병의 시대를 건너고 있다는 사실이 무서워진다. 우리가 의지할 수밖에 없는 것은 자연뿐. 자연을 홀대한 죄를 달게 받고 있다는 생각이 든다. 자연은 언제나 알몸인데, 우리는 알몸을 가리기 위해 짐승의 가죽을 벗겼다. 아무리 손을 씻어도 피 냄새가 가시지 않았다. 잘

못된 행위와 자신들의 실패에 대해 아무도 반성하지 않았다. 세상이 쉽게 짓물러 갈 것 같았지만 언제나 짓물러 가는 것은 사람이었다.

세상에서 가장 가려운 것은 옻나무가 아닌 사람이었다. 몸뚱이에 달라붙는 먼지가 너무 많아 세탁기를 발명한 것도 인간이었다. 문명이 발달하면서 자연은 재앙을 가져다주었다. 목숨 가진 것들을 불편하게 한다. 그 불편함이 소중한 것인데, 우리는 그걸 알지 못한다. 불편함을 거스르지 말자. 불편한 것이 많을수록 우리는 몸을 쓰고, 고민거리가 많아진다.

그렇게 나는 생태에 관심이 많은 시인이 되었다. 오늘도 숨이 차도록, 폐가 찢어질 것같이 겨울 산을 오르면서 뼈가 만져지는 삶과 뼈 때리는 말을 생각했다. 산 밑에 두고 온 것이 생각났다. 나무는 어떻게 힘을 꺾여야 할지 헤아리지 않고 그냥 선연하게 꺾인다. 저 꺾임, 세상에게 무릎 꿇은 것이 아니라 나무의 피가 곧고 푸르고 질겨지라고 북쪽으로 머리를 두는 것이다. 볕이 마르고 들기를 기다리는 것이다.

산불에 대한 기억

산불을 조심하라는 방송을 하고 있었다. 그러거나 말거나 밭 두렁을 태우는 사람이 있었다. 무덤 근처였다. 한발 한발 불씨 가 검불을 휘감고 타들어 갔다. 솔잎가지로 툭툭 불씨를 잡으 면서 밭두렁을 태웠고 붙잡을 수 없는 것은 연기였다. 한 사람 이 죽어 묻힌 무덤가로 불씨가 번지고 있었다. 불은 손발도 없 으면서 잡초의 뿌리를 재로 만들면서 불가능이란 없다는 듯이 탁탁 공중을 타오르기도 했다. 채 마르지 않은 솔잎가지가 탁 탁 탔다. 불씨가 바람을 타고 날아갔다. 이게 웬일인가, 트랙터 로 밭을 갈던 사람도, 갈퀴질 하는 사람도, 소밥 주던 사람도 붉은 연기가 솟구치는 것을 바라봤다. 왜 산불은 모든 그림자마저 태우고 지나가는 걸까?

산불을 조심하라는 방송을 하고 있었다. 아버지는 마을의 이장. 면장이랑 산불 조심과 한 해 농사 이야기를 막 끝내고 마을회관 앞에서 배웅할 무렵, 산불이 잽싸게 번져나갔다. 풀과 나무로 주름진 골짜기가 달아나는 소리가 들렸다. 진안군의 소방차와 임실군의 소방차가 왔고, 백운면과 성수면의 민방위 대원들까지, 괭이와 삽과 빗자루까지 출동했다. 앞산에서 시작된 산불은 산중턱까지 올라갔다. 여전히 더 태울 것이 있고 더 갈 데가 있다는 듯이 산불은 산을 넘는 몸을 지녔던 걸까? 헤벌쭉하면서도 오그라든 것들이 많았다. 산불은 송곳니도 없는데 틈과 구멍이 있는 곳을 쑤시고 다녔다.

뱀과 개구리와 꿩과 다람쥐와 토끼 등이 그슬려 죽었다. 멀리 뛰지 못하고 산을 넘어가지 못한 것들만 죽었다. 잔뜩 심통이 난 산불은 산복도로 때문에 잡혔다. 제지공장에서 참나무를 모조리 베어 가려고 낸 시멘트 길이었다. 더 이상 탈 것이라곤 나이테와 바위밖에 없었다. 나는 잔불을 제거하기 위해 삽으로 흙을 파서 불씨를 묻었다. 불기운에 취해있으니까 오줌이 자주 마려웠다. 산을 내려오면서 나무 뒤에 오줌을 갈겼다.

"산불을 내면 삼 년 이하의 징역, 천만 원의 벌금을 물어야 합니다."

"아이고, 막골 성님 돌아가셨네!"

두 개의 목소리가 오싹하게 들렸다. 무덤가에서 불을 끄다가 반쯤 눈감은 채로 누워있던 사람은 죽지 않았다. 산불이 잡히는 것을 보고 무덤에 홀러덩 누워있었던 것이라고 했다. 다들 쉬쉬했다. 화병 나서 골로 간다고 쉬쉬했다. 그도 그럴 것이 산불을 낸 사람은 군에서도 존경받는 어른이었다. 이 골목 저 골목의 쓰레기와 잡초를 한 해도 거르지 않고 말끔히 치우던 분이었다. 꽃과 나무를 좋아해서 마을 입구를 환하게 가꾸는 분이었다. 이 골짜기의 가장 큰 어른이었다.

그날 밤, 제법 큰비가 왔는데 비는 주걱이 없어 그을음을 긁어내지 못했다. 다만 죄책감도 없이 초록이 초록을 밀어내는 어느 늦봄, 꽃상여 하나 홀로 두려워하면서 그 산불 난 자리로 들어가고 있었다. 묘지 옆으로 그해 고사리 산이 생겼다. 고사리 한 근에 오만 원이라며, 동네의 어느 아주머니는 그 산을 드나들었다. 어머니는 그 산그늘도 밟지 말라며, 산나물 같은 것은 삼 년 동안 탐하지 말라고 했다. 그것이 죽은 자를 위한 식례式禮라고 했다.

분리수거의 달인

설 연휴가 낀 주말엔 분리수거를 하지 못했다. 일주일을 건너 뛰고서야 분리수거를 하는데, 경비원 아저씨가 재활용쓰레기가 사상 최고라고 했다. 종이박스와 플라스틱과 스티로폼이 모여있으니 향유고래 두 마리가 누워있는 것만 같았다. 나는 가장 적게 분리수거를 한 것 같다.

코로나19로 인해 재활용품을 더 이상 수출할 수 없었을 때를 기억한다. 주소 라벨을 떼고, 테이프를 떼고, 플라스틱 상표도 떼고, 상자를 납작하게 접고 페트병은 우그려 분리했다. 고추장이나 음식이 묻은 것들은 분리수거를 하지 못했다. 일반 쓰레기봉투에 담아 따로 버려야 했다.

쓰레기봉투와 분리수거장에 나온 물품들을 보며 참담함을 느낀다. 우리는 왜 포장지에 현혹되는가. 음식은 포장 없이 왜 팔 수 없는가. 먹고사는 일이 이렇게 간단하지가 않다. 코로나19가 주는 공포 때문에 배달 음식에서 나온 플라스틱이 가장 많다고 한다. 벌써 삼 년째다.

우리 집은 과일을 좋아하는 사람이 셋이나 된다. 하여 나는 과일가게에 갈 때마다 박스나 포장지로 된 과일을 사는 것이 아니라 날빛을 드러낸 과일을 산다. 과일가게에서 사과나 배를 박스째로 사면 박스에 테이프를 서너 번 붙여서 손잡이를 만들어 주는데, 그것을 들고 오는 것도 힘들지만 나중엔 처치 곤란한 쓰레기가 된다. 귤 박스를 사도 마찬가지다. 그래서 나는 미리 준비해 간 장바구니에 담아 온다. 사과와 배는 부직포로 씌워져 있다. 과잉보호다. 저렇게 포장된 것들은 모두 쓰레기가 된다. 우리는 재앙의 한가운데 살고 있으면서도 그것이 재앙인지도 모른다. 모르니까 자꾸 잘 포장된 것만 고른다.

인간은 분위기를 좋아한다. 분위기를 내기 위해서 우리는 포장을 미화시키며 살아왔던 것은 아닐까 싶다. 나는 재활용에서 조형예술의 가치를 읽는다. 아이는 1.5리터 페트병을 화분으로 사용한다. 한겨울에도 잘 자랄 수 있는 식물을 그 안에 키운다. 나는 어릴 적에 어포기 통발을 만들어 물고기를 성가

나를 위로해 주는 것들

시게 했지만 아이는 식물에게 천진한 평화를 준 것이 나와 달랐다.

우리 집에선 음식물쓰레기 봉투를 쓰지 않는다. 삼십 년을 쓸 생각으로 산 스테인리스 통에 담아 음식물 찌꺼기를 버린다. 한번은 음식물쓰레기를 버리는데, 봉투째로 버리는 사람을 여럿 봤다. 제 손이 더러워질까 봐 그렇게 버리는 것인데, 양심이 불량한 사람들이었다. 도시에서는 모든 것이 쓰레기로 배출된다. 내 고향 진안에서는 과일껍질이나 음식물쓰레기는 밭의 거름으로 쓰이는데, 나 역시 그야말로 쓰레기 배출의 왕이었던 것이다.

다행히 우리 집엔 먹는 것에 목숨을 걸지 않고 음악과 책을 좋아하면서 환경문제에 관심을 갖고 있으며 동물의 감정과 생태를 좋아하는 사람이 모여 살고 있으니 조금은 안심해도 될 것 같다.

나는 분리수거의 달인이 되고 싶다. 더 이상 쓰레기가 나오지 않는 집을 만들고 싶다. 코로나19는 폐마스크를 가장 많이 배출했다. 마스크를 잘 쓰며 소독하는 일도 중요하지만 그것보다 무엇인가를 오래 쓰는 사람이 되고 싶다.

4. 살아있는 것들의 안부를 묻다

지구의
아름다움을
찾지 말자

① 낮은 목소리

맨발로 땅을 밟아본 지 오래되었다. 논밭의 진흙들, 그 감촉이
좋았다. 푹푹, 꺼졌다가 되살아나는 그 감촉을 잊을 수 없다.
아무튼 오래 꺼지지 않는 땅이 있다면 그건 진안고원의 논밭
들이다. 오월, 와글와글 개구리 떼가 모여들어 몽당연필이라
도 깎는가. 논밭은 울음이 칸칸을 채우는 공책이니까. 마침표
로 쓸 물방개가 강 건너편에서 날아와도 무방하다. 논둑을 걷
다 보면 거머리를 만날 수 있을 것 같기도 하고 만날 수 없을
것 같기도 하다. 경지 정리 한다고 하천과 다랑이논을 뭉갰으
니까. 곡선으로 비탈진 것들이 없어지고 평평한 것만 있으니

까. 그러나 꽃이나 별이 많이 나오는 하늘만은 그대로다. 이런 저녁이라면 거머리가 내 종아리에 붙어 피를 빨아먹어도 무서워하지 않겠다.

거머리에겐 맑은 피를 구부릴 줄 아는 바른 입이 있다. 사실 입이 어느 쪽에 붙어있는지 모르겠으나 빨려보면 안다. 거머리의 세계를 본다는 것은 얼마나 신기한가. 거머리가 보고 싶다. 검고 푸른 거머리. 녹색으로 타올라 춤을 추는 거머리. 피 빨리는 것이 무서워 눈이 휘둥그레진 그 아이. 상처를 쑥으로 문지르면 피가 멈춘다는 것을 안다. 그 아이는 말하는 것보다 바라보는 것을 더 좋아하는 시인이 되었다. 오늘 나는 해 다 저문 뒤, 어스름의 가장 낮은 목소리와 함께 집으로 돌아오는 염소를 바라본다. 까맣게 떨어지는 똥들, 반질반질하다. 어디선가 소똥구리 사촌이 날아올 것만 같다.

② 소똥구리

몇 해 전 환경부가 소똥구리를 찾기 위해 오천만 원의 상금을 내걸었지만 한 마리도 찾지 못했다는 소식을 들었다. 국내산 소똥구리를 봤다는 소식이 여러 번 들려왔지만 '보라금풍뎅이'나 '애기뿔소똥구리'였다고 한다.

토종 소똥구리는 정말 사라졌을까? 나는 사라진 것이 아니라 해 질 녘 사람 발소리에 놀라 땅거미 속에 숨어있다고 믿고 싶다. 부풀고 뭉개지는 땅을 좋아하는 소똥구리, 어쩌면 소의 발자국에 눌려 진짜 땅거미가 되었는지도 모른다. 땅속 바람처럼 눈뜰 채비를 할 줄 모른다.

일찍이 나는 목동이었다. 소를 몰고 나가서 풀을 종일 뜯어먹이곤 했다. 소는 칡꽃이나 순 가진 뽕나무와 뚝새풀을 좋아했다. 다래 순이나 머루 덩굴도 잘 뜯어먹었다. 철철 물오른 것들이었다. 가끔 풀풀 날리는 메뚜기나 여치를 먹기도 했다. 그런 소가 철퍼덕철퍼덕 똥을 싸면, 소똥구리가 날아들었다.

소를 바라보고 등껍질의 날개를 펼쳤을 소똥구리. 소똥을 바라보고 날 저물 때까지는 작은 돌이었던 소똥구리. 나뭇등걸의 먹빛을 가졌다. 소똥구리를 보려면 수백 년 동안 산마루를 떠나지 않는 소를 쫓아다녀야 한다. 믿고 싶은 마음이 만들어 낸 소를 쫓는 나도 소똥구리일까. 오늘도 똥을 싸지르고 가는 소 곁에서, 소똥을 깎고 파고 둥그렇게 주무르는 소똥구리 날개 펴는 소리가 들린다.

③ 뱀들

뱀은 나무와 집, 드물게는 담벼락에서 나와 들쥐나 개구리를 잡아먹는다. 붉고 파랗고 노랗고 흰빛을 가진 화사도 있지만 두꺼비를 잡아먹고 제 새끼들에게 먹이가 되어주는 능구렁이 (능사)도 있다. 뱀은 생김 그 자체가 징그럽지만 그리 무서운 존재는 아니다. 뱀은 몸을 청결하게 하는 버릇이 있다.

우리 마을에선 저수지 위의 후미진 돌밭에 가지 말라는 말이 떠돌았다. 거기는 까치독사가 출몰하는 지역이었다. 까치독사에게 물리면 일곱 발자국을 떼지 못하고 죽는다는 낭설도 있는데 그건 진짜였다. 내가 태어나기 전 큰외삼촌이 까치독사에게 물려 돌아가셨으니까. 그날 이후, 어머니는 뱀만 보면 건드리지 말라고 당부했다. 해코지하면 낮이건 밤이건 뱀이 잠이나 꿈속으로 찾아온다고 했다. 그 말이 지금도 무섭다.

뱀을 보면 우리는 소스라치게 놀란다. 뱀도 사람만 보면 소스라친다. 하물며 바위도 꽃도 나무도 놀랄 것이다. 오늘도 뱀은 누구보다 햇볕을 좋아해서 돌밭 위로 나온다. 봄 아지랑이 달궈진 돌의 따스함 속에서 에너지를 모으고 있는 것이다. 꼿꼿이 그림자를 세우기 위해 꽃막대기가 되는 꿈을 꾸고 있을 것이다. 그럴 땐 뱀의 모가지는 꽃이 아니므로 조심해야 한다. 가끔 뱀도 뱀 아닌 것으로 몸을 바꿀 때가 있는 것이다.

④ 매

내가 사는 아파트 건너편에 매를 키우는 응사가 있다. 오도카니 앉아있는 매, 영하의 찬바람을 좋아하는지 쇠방울이 딸랑 딸랑 울린다. 저 매를 바라보고 있으니, 응사를 꿈꿨던 어린 시절이 생각난다. 진안고원은 여전히 매가 많다. 매가 많다는 것은 좋은 일이다. 그만큼 매가 먹을 꿩이나 산짐승이 많다는 거니까.

매는 알몸으로 태어난 돌이자 깃털 붙이고 사는 돌인데, 사나운 것이 특징이다. 어느 응사는 매 둥지를 찾아 절벽을 타고 또 돌밭 골짜기로 들어갔다가 땅벌에 쏘이기도 하며, 평생에 한 번 만날까 말까 하는 백사도 보았다고 한다. 그러나 백사 따위가 매에 비하랴. 한 번 매를 마음에 둔 사람은 죽을 때까지 매를 잊지 못하고 꿈속에서 매와 한 몸이 되고자 한다. 매에 씌어도 아주 단단히 씐 것이다.

응사는 매를 '잡는다'고 하지 않고 '받는다'고 말한다. 매를 신과 같이 여기는 까닭이다. 하늘을 나는 매를 찾았으나 그 거처를 찾아 헤매어도 찾아지지 않는 것이 둥지다. 그러니까 영롱한 매 한 마리가 목숨 가진 짐승의 숨을 콕, 하고 채어갈 때 만져지는 글자가 두 개나 있다. 야성과 야생이다. 야성과 야생은 쉽게 얻어지지 않는 이름이다. 저 핏빛 섬뜩한 부리를 물끄러미 바라보면 내 눈동자가 파일 것만 같다.

⑤ 대마와 굼벵이가 사는 집

대마를 마 또는 삼이라고 부른다. "서양에서는 '삼베 늘어트리기'라는 말로 교수형을 에둘러 표현하며, 불길한 징조"(찰스 스키너, 《식물 이야기 사전》, 목수책방, 2015)라고 여긴다. 나는 대마를 모른다. 그렇지만 삼베옷을 대마 껍질로 만든다는 것은 아홉 살 때부터 알고 있었다. 베 짜는 할머니들이 소일거리로 삼베옷을 만들었기 때문이다. 죽은 자들이 입는 옷. 식물의 피가 흐르는 옷. 죽음이 무거워서 가볍게 날아가라고 만든 옷이 삼베수의라고 했다.

한 사 년 전인가 우연히 뒤란의 잡초를 베는데 푸른 대마 한 주가 보였다. 야생 대마였다. 나는 낫으로 뿌리까지 베어 거름자리에 버렸다. 저 대마의 씨앗은 새똥이 가지고 왔을 것이다. 대마를 보고 있으니, 말벌에 쏘여 죽을 뻔했던 일이 기억난다. 나는 앞마당의 말벌집을 부지깽이로 쑤셨다. 비명과 함께 나는 쓰러졌고, 어머니는 축축한 볏짚으로 나를 쓸어내리고 있었다. 온몸에 난 두드러기들, 불기운의 따스함과 서늘한 기운이 나를 스치고 지나갔으리라.

껍질 벗기고 난 대를 옛날 어른들은 서까래의 깔개로 사용했다. 그리고 그 위에 볏짚을 깔았는데 수십 년 동안 방치한 지붕엔 굼벵이들이 바글바글했다. 지네도 있었을 것이다. 그

독 가진 것들이 똥을 싸고 또 몸을 섞어 볏짚을 썩게 했으리라. 그 침잠된 독이 모여 해독제가 되었던가. 나를 살린 것은 어머니의 샤머니즘이었다. 어머니의 믿음 안에서 대마와 지네와 굼벵이의 독도 쓸모가 있었던 것이다. 하찮게 여기고 징그럽게 멀리했던 것들이 내 목숨을 살렸다. 지금은 고향집에 내려가면 그 옛집의 모습은 찾아볼 수가 없지만 또 어딘가에는 죽은 영혼을 되살려 내는 환술사幻術師의 집이 있을 것이다. 그건 죽기 직전에만 보이니까.

⑥ 목청 혹은 석청

일찍이 꿀벌은 산을 지고 물을 지고 나무를 지고 꽃을 지고 바다와 사막을 지고 지구에 왔다. 꽃나무 터지는 늦봄부터 꿀벌은 우리가 알지 못하는 곳에서 꿀을 가지고 온다. 죽어가는 밤나무에 숨구멍을 내고 밤나무의 심장이 되어준 꿀벌, 천상의 악기가 아닐까 싶다. 꿀벌들은 날개를 쳐서 소리를 낸다. 붕붕거리는 울음은 산맥을 뛰게 하고 나무를 구르게 하고 바위를 금 가게 한다. 꽃 많고 풀 많고 소금 많은 산을 찾는다. 그뿐이랴, 비와 바람을 부르는 일도 꿀벌이 해준다. 고분고분 착한 것만 같지만 꿀벌은 곰 발바닥에 깨어지는 것을 좋아한다. 반달가슴곰을 피해 돌 나무 절벽 깊은 곳만 골라 집을 짓는 버릇을 가졌다.

⑦ 고비

고비의 이름은 여러 개다. 구척 혹은 미궐이라고 부르지만 어머니는 괴침이라고 부른다. 고사리보다 비싼 고비는 봄나물이다. 웅달과 계곡의 귀퉁이를 좋아하는 고비, 떡을 해 먹기도 하지만 허약해진 다리와 신경통에 좋다는 설도 있다.

지구의 온도가 1도씩 높아질 때마다 고산지대의 식물이 사라진다고 한다. 사실 사람의 손을 타야 잘 자라는 식물도 있고 손을 타지 않아야 잘 자라는 것도 있다. 고비는 사람의 손을 기다리고 있을 것만 같다. 그도 그럴 것이 봄이 오면 어머니는 고사리와 고비를 뜯으러 봄산에 가곤 했다. 그런데 더 이상 쓸 무릎 연골이 없어지자 봄산에 가는 것을 멀리했다.

나는 봄나물에 대해 잘 알지 못하지만 봄꽃이 피면 산에 오르곤 한다. 산골짜기를 걸으면서 새순과 꽃과 짐승의 생활에 감탄하고, 또 어린 시절 어머니와 함께 나물을 뜯던 기억과 조우하게 된다. 내게도 고비에 대한 기억이 줄곧 따라다닌다. 아버지가 늑막염수술을 받았을 때 보양식에 넣어줄 나물이 필요했던 것인데, 그중 하나가 고비였다.

고비는 누에처럼 흰빛을 뒤집어쓴 게 특징이다. 흰빛은

밝고 깨끗하다. 생을 다해 이 산 저 산을 타고 다녀도 잘 보이지 않던 고비. 나는 미혹의 고비가 사는 산을 잘 알고 있다. 먹으면 힘이 나는 나물을 찾아서, 봄이 되면 나는 험한 산을 탄다. 험한 데엔 험한 아름다움이 있다. 내 몸엔 나만 아는 고비산이 있다.

⑧ 산매화

비루한 것, 따분한 것, 지루한 것을 멀리하기 위해 몸을 숨길 만한 곳이 어디 있을까 생각하곤 했다. 모든 것이 느린 곳, 고택보다 더 적적한 곳을 찾는다면 그건 오막살이. 발등과 손등의 힘줄이나 가만히 눌러보면서 비가 오면 종일 빗소리와 눈이 오면 눈발 날리는 소리와 함께 지내고 싶었다. 아름다움에도 영역이 있다면 자다 깨다 향기에 곤히 취한 산매화 피는 봄밤이면 좋겠다. 어스레한 달과 함께 밝은 어둠으로 낮을 씻으면 좋겠다. 거기 먼저 와있는 것이 있다. 봄도 모르게 나이를 먹는 것들이 몸 가진 그림자로 서있다.

*

　　지구의 어딘가에서 삶으로부터 어긋난 것들이 진화하는

나를 위로해 주는 것들

것만 같다. 비 오는 날만 생각하면서 나사처럼 고부라져 있는 씨앗은 경이롭다. 생태계를 교란하는 외래종 동식물들이 성가시게 괴롭히지만, 그럼에도 불구하고 그것들은 저마다 필사적으로 제 목숨을 잘 지키고 있다. 그러니까 지구의 아름다움은 사라지는 것이 아니다. 불현듯 적과 맞닥트리는 순간, 내가 아는 동식물들은 생을 다하고 무너진다. 무너지면서 지구가 돌고 있다는 것을 안다.

　놀랍게도 물은 높은 곳에서 낮은 곳으로 흐르면서 돈다. 지구의 가장자리가 물인 것도 이런저런 생들이 몸빛을 내며 살고 있기 때문이다. 그러니까 지구의 아름다움을 찾지 말자. 그래야 그 아름다움 자체가 존재할 수 있다. 우리가 찾는 순간 아름다움은 훼손된다. 내가 이 글을 쓰는 이유가 여기에 있다. 난 반성 중이다. 너무 많은 아름다움을 훔쳐봤다.

시,
그 참을 수 없는
가려움증

*

　봄볕 움트는 버드나무 가지를 잘라 왔다. 껍질을 통째로 벗기려면 불에 살짝 그슬려 손으로 빙빙 돌려주면 된다. 그것을 커터칼로 세 토막을 내면 세 개의 버들피리가 생긴다. 입술 사이에 물고 바람을 불어넣으면 무지갯살 피라미 떼가 몰려올 것만 같다. 칼만 있으면 악기가 생기는 것이다. 버들피리를 불면 꼭 그것이 짝짓기 철을 알리는 고라니 울음 같기도 하다.

　내가 찾는 시는 의미가 아니라 존재다. 목소리를 가진 것, 아니 사물에게 목소리를 입혀주는 것이다. 나는 존재를 통해서 말하는 것을 좋아한다. 이상하게도 버들피리를 종일 불고 잠에 들면 내 몸이 잠시 버드나무가 됐다는 생각이 든다. 꽃가루 휘날리면서 물이며 개구리며 짐승이며 사람까지 다래끼 일으키게 하는, 그런 얄궂은 존재! 그날 논길을 돌아다니다가 밟은 개똥 냄새도 주목받을 때가 있는 것이다.

*

보라, 무엇으로 장미의 아름다움을 이야기할 수 있을까. 나는 장미에 가닿기 위해, 작살 맞고 피를 내뿜는 밍크고래 한 마리를 생각했다. 장미의 저 불길한 붉음을 말하기 위해 나는 가장 아름다운 것이 아니라 오히려 그것을 지옥같이 반짝거리는 그 무엇으로 그려내고 싶었다. 구멍 숭숭한 고래의 등줄기 살같이 조용한 장미. 아직 죽지 않고 살아있는 장미. 왈칵 쏟아내고 가는 피의 구멍이 꽃잎. 반짝이는 것도 흘러가는 것도 아니면서 나를 붙잡아 두는 장미. 나는 장미가 아닌 불온한 생각을 만진 것이다. 그렇다. 시는 보이는 것을 응시하고 생각하다가, 보이지 않지만 무엇인가 가슴을 찢고 가는 어떤 환상이다. 고작 장미를 보고 떠올린 것이 피 흘리며 죽어가는 고래의 여름이다.

하고 싶은 말이라고 쉽게 말해지는 것은 없다. 시는 이미지를 통해서 말해져야 한다.

툰드라의 여름은 고달프다. 웅덩이에서 솟구치는 모기떼의 움직임이 빗소리로 들린다. 거대한 물소리 같기도 하다. 모기는 더 이상 웅덩이에 알을 낳지 않고 순록의 몸에 알을 낳는다. 순록은 모기떼가 휘몰아칠 때마다 열병에 걸려 넘어진다. 그러나 집단의 힘은 강하다. 빙빙 목에 흙먼지바람을 걸어 모기떼를 밀어낸다. 참고 견디면서 벽처럼 벌떡 그림자를 세웠다. 흙먼지와 잡풀이 내장을 꺼내 뒤집어 놓은 것처럼. 그렇게 여름은 죽음을 만지면서 가야 할 시간이다. 여름의 또 다른 이름은 변덕과 탈진이다. 보이는 것과 보이지 않는 것이 자리바꿈하는 여름을 가로질러 모기떼가 날아다닌다. 그것은 무섭다. 재앙이 될 것만 같다.

*

민물장어 치어는 끊임없이 움직인다. 강이 강다운 것은 물결무늬로 종일 출렁거리는 까닭이다. 이 물결무늬가 없다는 것은 움직임이 없다는 것이다. 죽은 강엔 하나의 움직임, 즉 생명의 움직임이 감지되지 않으므로, 죽은 강이다. 강의 흐름 속에서 물결을 거슬러 올라가는 힘이 아슬아슬하다. 꼬리를 젓는 운동, 즉 리듬이 생기는 것이다. 민물장어 치어는 모래톱을 찾아 움직인다. 시 쓰는 것도 이와 같다. 움직임, 파동 그것을 존재론적 운동이라고 해두자.

달빛을 좇아 물길을 오르는 민물장어 치어들은 아직 색을 갖추지 않았다. 달빛인지 물결인지도 모를 치어들, 보이는 것을 지나 보이지 않는 곳까지 지나간다. 그 시간을 관찰하고 뜰채로 그 트임의 순간을 건지는 사람. 봄밤과 달과 치어의 경계를 밝혀낸다. 반복되는 실패 속에서 뜰채 하나로 보일락 말락 하는 것을 발견하는 사람. 우둔하면서도 예민한 사람. 보이는 것뿐만 아니라 보이지 않는 것까지 보는 사람. 강줄기랑 통하는 사람. 움직임이 시라고 보여주는 사람. 직관적으로 감지되는 어떤 힘을 삶의 에너지로 바꿔놓는 사람. 큰물 지는 소음 속에서 침묵을 좇는 사람. 움직임의 근원을 소중하게 여긴다.

*

한겨울 장작을 패는 사람을 봤다. 도끼질은 통나무를 바라보는 눈과 도끼날의 각도와 패고자 하는 마음이 도끼의 무게를 감당할 수 있어야 한다. 나무의 결을 제대로 읽는 것은 장작 패기의 핵심적 원리다. 그러나 정작 흥미로운 것은, 장작을 패다가 굼벵이가 나오는데 그것을 먹는 재미가 쏠쏠하다며 장작을 패는 사람도 있다는 것이었다. 부단한 움직임, 에너지를 태우면서 에너지를 보충하는 사람, 그것이 유일한 낙이기도 한 것이다. 그 나무굼벵이는 사슴벌레였고 장수풍뎅이였다.

*

사소하고 시시한 아름다운 것에 매혹당하는 사람을 우리는 시인이라고 부른다.

세상에서 제일 고된 시간은 의자에 앉아 보내는 시간이다. 보잘것없는 감각과 사변적인 언어로 일상을 채우는 소음들. 그 민낯은 내가 움직일 때만 보인다. 아무것도 의도하지 않고 집착하지 않고 계속 하천을 걷고 있을 때, 드물게 말해지지 않는 것들이 보인다. 백로, 잉어, 새똥, 매화, 마스크, 잡음 등이 잘 보인다. 무엇을 딱히 생각하지 않고 그냥 걷고 있는데도 저것들은 나의 시적 상관물이 된다.

*

　아파트 11층 복도에 널어놓은 명주이불이 떨어져 있다. 그것도 아파트 앞 도로의 가로수에 걸려있다. 제일 먼저 봄 쪽으로 날아가고 싶은 마음이 이불에게 날개를 달아줬을 것이라고 생각했다. 아침 8시 25분, 아이와 함께 학교 가는 길, 이불은 고슬고슬 말라간다. 아니, 아무 때나 확 뒤집어져 날렵하게 접히고 싶은지도 모른다. 그러나 오늘 오후부터 봄비. 소방차 한 대가 급히 지나간다. 결단코 그럴 리가 없겠지만, 만일 저것이 추락한다면 지나가는 참새를 덮어 죽일 수도 있다. 그러나 기다리는 죽음은 오지 않는다. 이불은 대책도 없이 아직도 걸려있다. 이불이여, 가오리 문양 바람을 타고 날아가면 좋겠다. 그러나 이불은 누에의 몸에서 나온 반짝임이었으니, 신경을 곤두세우는 것은 당연한 일인지도 모른다.

*

　아이보리 고무장갑을 끼고 김장을 하면 붉은 얼룩이 오래 남는다. 수세미로 박박 문질러 닦아도 지워지지 않는다. 눈에 거슬리는 얼룩. 복원하는 방법은 아주 간단했다. 햇볕 좋은 날

담벼락에 그냥 내어 말리면 된다. 하루의 절반이면 얼룩은 사라진다. 볼 수 없는 것을 보려고 하지 말고, 볼 수 있는 것에서 아직 발견하지 못한 점성을 찾자. 햇볕은 물건을 상하게도 하지만 피를 흘리는 생명에겐 딱지를 만들어 준다.

나는 없는 것에 대해 말하는 시인의 시보다 있는 것에 대한 쓸모를 찾는 시인의 시가 더 좋다. 이 세상에 남아있는 것들에 대한 별별 생각이 시가 된다는 뜻이다.

*

벌떡, 이라는 말 참 좋다. 수돗가 근처 두꺼비 한 마리가 와서 종일 꿈적 않고 있다가 개밥바라기 뜰 즈음, 벌떡 그림자를 일으켜 세웠다. 긴 혓바닥으로 낚아채는 여치와 귀뚜라미와 메뚜기. 두꺼비 입속으로 휘감겨 미끄러진다. 푸르게 출렁이며 잠깐 멈춰있는 두꺼비의 목울대를 자꾸 쳐다보게 된다. 어떻게 하면 머뭇거리지 않고 탁, 탁, 채 올 수 있을까. 말하고 싶은 것을 저렇게 채고 싶다.

*

이를테면 열무 뿌리를 갉는 벌레가 많아 삼 일 전에 농약 친 것을 잊고 순을 끊어 잘근잘근 씹고 있는 나를 바라보는 저 고라니의 눈빛을 잊을 수가 없다. 딴 세상 가고 싶은 거야? 무 념무상에 빠지면 그럴 만도 하다. 그러나 연두 아닌 진초록에 빠지면 그럴 수도 있다. 퉤, 뱉고 나서야 입속이 싸하다는 것을 알았다. 혀가 가려웠다. 물가는 멀었다. 급한 대로 물오른 다래 나무의 가지순을 꺾었다. 수액이 흘러나와서 그것으로 헹궈냈 다. 나는 살았다. 저 다래나무 때문에. 그것 말고는 할 수 있는 게 없었다.

*

돼지의 부속물 중에는 허파, 염통, 울대, 오소리감투, 새끼 보, 돼지껍데기, 간, 막창, 곱창, 머릿고기 등이 있는데, 그중에 서 '오소리감투'라는 말이 눈에 띈다. 돼지의 위를 식재료로 부 를 때의 이름이다. 오소리 가죽으로 만든 감투처럼 생겼다고 하여 붙여졌다는 속설도 있고, 돼지를 잡을 때마다 그것을 재 게 빼돌리는 것이 오소리가 굴로 사라지는 것처럼 신출귀몰하 여 붙여졌다는 낭설도 있다. 죽어서도 돼지의 내장은 이렇게 아름다운 이름을 갖는다. 내장 하나하나가 빠져나온 자리가 죽음인데, 호칭이 발원되는 것이 신기하다. 내부가 외부가 되는 사건, 그 호칭을 척척 붙이는 사람이 사냥꾼의 후예라는 설이 있다.

*

지구의 한 귀퉁이를 지키는 일은 얼마나 숭고한가. 거기 순록의 땅이 있고 우리는 그 땅을 '툰드라'라고 부른다. 이누이트족은 순록의 뿔을 단추로 만들어 사용한다. 뿔과 순록의 가죽은 죽어서야 서로 떨어지지 않고 한 몸이 된다. 홀가먼트, 순록 한 벌을 입고 몸을 쓰는 일이 문명보다 앞서는 일이라고 생각한다. 불평과 불만, 불편이란 말에서 멀찍이 떨어진 사람들, 착하고 성실한 삶을 살고 있다. 한 달에 한 번 순록을 잡아 제를 올리고 끝까지 걸어 다니는 사람들. 단추로 몸을 열면 발끝에서 쇄골까지 숨이 커지는 것을 볼 수 있다. 단추, 툰드라의 푸른 두 눈. 그것은 오로라와 같은 방향으로 걷고 있다.

*

전주 한벽루寒碧樓 굴다리는 전라선이 다니던 철길이다.

나를 위로해 주는 것들

두 가닥의 레일, 전주천을 끼면서 이내 속을 내달렸을 터인데, 지금은 나이 든 옛집의 기왓장만이 굴다리로 지나가는 것을 응시한다. 능구렁이같이 빠져나오는 초여름 바람을 쐬면 쉬 낫지 않은 상처도 흉 없이 아문다. 그때 자다 깬 어스름은 멀리 가야 하는 물결을 위해 저녁을 불러와 어두워질 채비를 한다. 먼 데를 바라보기 위해 속 빈 침묵을 다스렸다는 말이 부레처럼 떠오르는 한벽루에서 나는 물에 비친 내 얼굴을 바라보았다. 나는 주름에서 와서 주름으로 가는구나. 잔물결이 벗겨져야 갈대의 여름이 시작된다는 것을 알았다.

*

오르페우스가 창조한 느릅나무, 그 껍질을 유근피라고 부른다. 그것을 달여 먹으면 종기가 들어가고 위장의 피가 맑아지고 불면증도 없어진다. 그러나 피가 가려워지면 먹는 것을 멈춰야 한다. 복통이 오고 설사를 할 테니까. 무엇이든 끊는 순간이 필요하다. 절제가 필요하다.

나는 약초꾼같이 산을 타면서 두릅나무 껍질을 절제한 적이 있다. 수피가 너저분할수록 피가 농하다. 농하다, 라는 말은 약초꾼이 자주 쓰는 말인데, 실없이 장난하면서 짙은 피를 보는 말이기도 하다. 봄날 오후, 느릅나무껍질에 반달곰이 등을 비빈다. 하찮기 그지없는 피부병을 고치면서 식욕이 오를 힘을 동시에 얻기 위한 행위다.

*

봄산은 봄이 섣불리 찾아와도 그 어느 쪽으로 치우치지 않는 세계를 보여준다. 날숨과 들숨이 삐죽삐죽 막무가내로 틈을 비집고 나온다. 틈에 홀리듯 덜 맑고 덜 맑은 것들이 차갑게 서로를 치대고 적시고 바람을 으깨면서 명도와 질감을 가지고 논다. 슬픔과 증오, 섭섭함과 무기력함 따위가 없는 봄산. 쾌한 것들이 예고도 없이 나를 산으로 잡아당긴다. 한 번의 반짝임, 발은 나를 점점 먼 곳으로 데려간다. 거기 벼락 맞아 죽은 나무가 다시 꽃을 피우고 있다. 새까맣게 죽은 자리, 흰빛.

*

흑석동 가는 길, 신용산역 횡단보도 앞에서 새똥을 맞았다. 햇볕이 나를 나무그늘로 밀어붙일 때였다. 어깨와 가슴팍과 가방에 희고 검은 새똥이 묻었다. 왜 지워지는 것도 얼룩이고, 왜 지워지지 않는 것도 얼룩일까. 새똥이 굳기 전에 화장실로 달려갔다. 아뿔싸, 재킷에 신경 쓰느라 머리에 묻은 것을 가장 나중에 알았다. 새똥은 굳어있었지만 냄새가 묻어있었다. 께름칙한 것은 나인데 새똥이 나를 뒤집어쓴 것이로구나. 찔찔한 것도 나인데, 나는 내가 얼마나 하찮은 존재인지 새똥 때문에 알게 되었다.

오후 2시 38분, 매일 그 자리에서 새가 똥을 지린다. 나는 나무그늘을 피해 하늘을 올려다보는 버릇이 생겼다. 해와 낮달이 새의 똥구멍처럼 보인다.

*

섭섭함과 막막함이 어떻게 생겼는지 나는 모른다. 내 몸이 없어지고 그림자까지 달아나도 모를 것이다. 나에겐 선량한 아이와 염치를 아는 아내가 있다. 내 속엔 약게 살 줄 모르는 나와 속물근성에서 떨어져 나오지 못한 내가 있다. 나는 여전히 시를 쓰지만 문장도 사유도 미숙하다. 오늘도 미숙한 실패다. 문득, 미숙한 것이야말로 생기와 신중함을 준다고 믿는다. 나는 내 삶과 무관하게 시를 쓴 것 같지만 사실은 고민의 순간을 너무 많이 들킨 것만 같다.

시 쓰는 운명은 손가락도 발가락도 아닌 눈동자에 있다고 믿는다. 나의 눈을 밝게 하는 것은 죄 없는 사물이면서 세상으로부터 몸을 감추지 못한 생명이다. 나는 마냥 걸으면서 일순간, 목숨 가진 것들의 안위를 살피는 질문이 '시'가 된다고 생각한다.

이 산문집은 작고 눈부신 동식물들, 눈에 보이지 않거나 아직 말해지지 않은 아름다움에 대한 엉뚱한 이야기이다. 티끌과 먼지가 많은 집에서 태어나서 삶의 맨얼굴을 기묘하게 그려내고 싶었다. 눈에 뜨이는 것이 아니라 눈에 거슬리는 사물과 시적인 대화를 하고 싶었다. 동식물과 통했던 나의 교감일기를 적고 싶었다. 문명 비판 이야기와 글쓰기에 대한 고뇌도 날것 그대로 쓰였다. 내 깜냥은 사슴벌레보다 작다고 생각하는데, 어쨌든 간에 그 깜냥으로 시도 썼고 첫 산문집도 상재하게 됐다. 비록 신통찮은 문장으로 아름다움이 사는 반대쪽까지 내다볼 심산이었으나 괜히 아는 척하다가 눈꼴사납게 될까 봐 차돌 같고 옹이 같은 눈으로 지구를 바라보고 싶었다.

나를 위로해 주는 것들

초판 1쇄 인쇄 2023년 10월 23일
초판 1쇄 발행 2023년 11월 10일

지은이 | 이병일
발행인 | 강봉자, 김은경

펴낸곳 | (주)문학수첩
주소 | 경기도 파주시 회동길 503-1(문발동 633-4) 출판문화단지
전화 | 031-955-9088(대표번호), 9532(편집부)
팩스 | 031-955-9066
등록 | 1991년 11월 27일 제16-482호

홈페이지 | www.moonhak.co.kr
블로그 | blog.naver.com/moonhak91
이메일 | moonhak@moonhak.co.kr

ISBN 979-11-92776-87-3 03810

이 도서는 2023년도 한국문화예술위원회 아르코문학창작기금 발간지원사업에
선정되어 발간되었습니다.